einfach lesen!

In 80 Tagen um die Welt

Ein Leseprojekt
zum Roman von
Jules Verne

erarbeitet von
Silke Kreip und Nina Trčka

Illustrationen von
Egbert Herfurth

Cornelsen

einfach lesen!

Text für einfach lesen! neu bearbeitet auf Grundlage der Originalausgabe: Jules Verne: „Reise um die Erde in 80 Tagen“. Bekannte und unbekannte Welten. Abenteuerliche Reisen von Julius Verne, Band VI, Wien, Pest, Leipzig: A. Hartleben, 1875.

Foto S. 102: akg-images/TT News Agency/SVT

Redaktion: translatrix – Michélle Pyka, Wuppertal
Umschlaggestaltung: Corinna Babylon, Berlin
Layoutkonzept: klein & halm, Berlin
Layout und technische Umsetzung: PER MEDIEN & MARKETING GmbH
Illustrationen: Egbert Herfurth und Matthias Pflügner: Umschlag, S. 42, 76, 84, 88; Matthias Pflügner: S. 15, 57

www.cornelsen.de

1. Auflage, 1. Druck 2024

Alle Drucke dieser Auflage sind inhaltlich unverändert und können im Unterricht nebeneinander verwendet werden.

Druck: H. Heenemann, Berlin

ISBN 978-3-06-061071-6

PEFC
PEFC/04-31-1156

PEFC zertifiziert
Dieses Produkt stammt aus nachhaltig bewirtschafteten Wäldern und kontrollierten Quellen.

www.pefc.de

Inhaltsverzeichnis

Partnerarbeit

Gruppenarbeit

Klassengespräch

Audio Höre den Text in der **App**.

Kapitel 1: Ein neuer Diener und die Wette

Audio

Vor mehr als hundertfünfzig Jahren lebte in London in einem feinen alten Haus ein reicher Mann. Er war sehr vornehm, denn er achtete auf gutes Benehmen. Außerdem war er gut angezogen und höflich. Er war also ein echter Gentleman [sprich: Dschäntelmän]. Sein Name war Phileas Fogg [Filias Fok]. Er war auch klug und wusste viel über die Welt, obwohl er wenig gereist war.

Kapitel 1

Phileas Fogg lebte allein, sprach nur, was nötig war, und hatte wenige Freunde. Seine Tage verliefen immer gleich, denn er mochte Ordnung, besonders Pünktlichkeit und Zuverlässigkeit. Täglich ging er auf die Minute genau um 11:30 Uhr aus dem Haus, um in einem Londoner Club zu Mittag zu essen. Dann las er dort die Zeitung und spielte danach Karten mit seinen Bekannten. Genau um Mitternacht kehrte er jeden Abend nach Hause zurück. So lebte er ruhig sein geregeltes Leben.

An einem Mittwoch, es war der 2. Oktober 1872 um 11:20 Uhr, saß Phileas Fogg zu Hause in seinem Sessel und blickte auf seine Uhr. Er wartete auf einen neuen Diener.

Es klopfte an der Tür und ein Mann trat ein. Er war schlank, aber kräftig, hatte schwarzes Haar und einen Schnurrbart. „Guten Tag, mein Herr. Jean Passepartout [Dschohn Passpartu] ist mein Name. Ich suche eine Arbeit als Diener“, stellte der Mann sich vor.

„Sie sind Franzose?“, fragte Fogg.

„Ja, mein Herr. Man nennt mich nur Passepartout. Das ist Französisch und bedeutet, dass ich überall durchkomme und mit allen Problemen gut fertigwerde“, antwortete der Mann. „Ich habe schon viele Abenteuer erlebt. Nun suche ich aber nach einer ruhigen Stelle als Diener. Ich bin zuverlässig und pünktlich.“

„Dann bist du für mich genau der Richtige. Du bist hiermit eingestellt“, sagte Fogg, nahm seinen Mantel und ging wie üblich in den Club.

Im Club sprachen an diesem Tag alle nur über ein Thema: den Diebstahl bei der Bank von England. Jemand hatte dort 55000 Pfund Sterling [Störling] gestohlen. Ganz London war deshalb in Aufregung. Die Zeitungen berichteten von dem Ereignis. Phileas Fogg und seine Bekannten spielten Karten und redeten über den Diebstahl.

„Der Dieb soll ein fein angezogener, höflicher Mann sein. Das steht in der Zeitung“, sagte einer der Herren. „Das finde ich sehr ungewöhnlich: ein Gentleman als Dieb! Aber man wird ihn sicher finden und verhaften.“

„Ja, es sind sogar 2000 Pfund Sterling als Belohnung auf ihn ausgesetzt“, sagte ein anderer.

„Der Dieb muss sehr klug sein, wenn es ihm gelungen ist, so viel Geld zu stehlen“, sprach ein dritter Herr. „Er wird daher sicher entkommen.“

„Ach was, die Polizei wird ihn finden!“, meinte ein vierter. „Denn man hat schon Polizei-Inspektoren losgeschickt, sogar ins Ausland, um den Dieb zu fassen. Wo könnte er sich jetzt noch verstecken?“

„Ich denke, der Dieb wird davonkommen. Die Welt ist doch so groß!“, rief da der dritte Herr.

„Das war sie einmal“, entgegnete Phileas Fogg.

„Wie meinen Sie das? Die Erde ist doch nicht kleiner geworden!“, sagte der dritte Herr.

„Nein, aber die Welt kommt uns kleiner vor, weil man heute im Jahr 1872 zehnmal schneller als früher reisen kann. Denken Sie an die Eisenbahn oder an die Dampfschiffe“, sprach Fogg.

„In der Zeitung steht, dass man in drei Monaten um die Welt reisen kann“, sagte der dritte Herr.

„Dafür reichen auch achtzig Tage“, warf Fogg ein. Seine Augen blitzten. „Rechnen Sie mit mir“, sprach er und las laut aus der Zeitung vor:

Von London über Dover und Brindisi nach Suez, mit der Eisenbahn und dem Dampfschiff: 7 Tage
Von Suez nach Bombay [Bombäi], wieder mit dem Dampfschiff: 13 Tage
Von Bombay nach Kalkutta, mit der Eisenbahn: 3 Tage
Von Kalkutta nach Hongkong, mit dem Dampfschiff: 13 Tage
Von Hongkong nach Yokohama, wieder mit dem Dampfschiff: 6 Tage
Von Yokohama nach San Francisco [Sän Fränzisko], mit dem Dampfschiff: 22 Tage
Von San Francisco nach New York [Nu Jork], mit der Eisenbahn: 7 Tage
Von New York nach Liverpool [Liwapuhl] und zurück nach London, mit dem Dampfschiff und der Eisenbahn: 9 Tage

„Das sind alles in allem 80 Tage, meine Herren“, fasste Phileas Fogg zusammen. „Aber das stimmt nur rechnerisch, auf dem Papier“, widersprach ihm jemand. „Denken Sie an Probleme wie Unwetter und Verspätungen. Ein Zug kann entgleisen, ein Schiff kann verunglücken! Ich wette, dass eine so kurze Weltreise in Wirklichkeit nicht möglich ist.“ „Ich bleibe dabei“, sagte Fogg. „Trotz solcher Hindernisse kommt man in 80 Tagen um die Welt.“

„Dann beweisen Sie es doch!“, sagte der Herr. „Ich wette, dass Sie das nicht schaffen.“

„Die Wette gilt!“, sprach Fogg lächelnd. „Ich wette um 20000 Pfund Sterling, dass ich die Reise um die Welt in 80 Tagen schaffe.“

„Die Wette ist angenommen“, riefen da die Herren im Club.

„Wann wollen Sie reisen, Fogg?“, fragte einer.

„Noch heute“, antwortete Fogg. „Gentlemen, der Zug von London zum Hafen von Dover geht heute Abend um 20:45 Uhr. Erwarten Sie mich also am Samstag, dem 21. Dezember, zu dieser Zeit hier im Club zurück. Die Einreise-Stempel in meinem Reisepass werden zeigen, dass ich wirklich an den Orten gewesen bin.“

Mit diesen Worten verließ Phileas Fogg gut gelaunt den Club.

Passepartout war sehr überrascht, als Phileas Fogg nach Hause zurückkam und ihn mit diesen Worten begrüßte:

„Passepartout, in zehn Minuten reisen wir nach Dover! Wir machen eine Reise um die Welt in nur 80 Tagen!“

Der Diener riss die Augen auf.

„Schnell, pack nur die nötigsten Sachen. Wir haben keine Zeit zu verlieren!“, trieb Fogg ihn an.

Ein ruhiges Leben hatte Passepartout sich vorgestellt – das sollte nun ganz anders werden.

Fortsetzung folgt

1. Du lernst in Kapitel 1 einen vornehmen Mann kennen.
   a) Wie heißt der Mann?
      Ergänze den Namen.
      Tipp: Lies noch einmal Seite 5.

P	h			e	a			F			g

   b) In welcher Stadt in England lebt der Mann?
      Ergänze den Satz.

Er lebt in ____________________ .

2. Der Mann wird als **Gentleman** beschrieben.
   Welche Eigenschaften passen zu ihm?
   Kreise fünf Adjektive (Wiewörter) ein.

höflich   böse   pünktlich

frech   lustig   zuverlässig

unehrlich   klug

gut gekleidet

3. Der Mann hat einen neuen Diener.
   Wie heißt der Diener? Kreuze an.

- ☐ Pascal
- ☐ Palomino
- ☐ Passepartout
- ☐ Pacco

4. Was sagt der Diener über seinen Namen?
Ergänze den Satz.
Tipp: Lies noch einmal Seite 6.

Das ist Französisch und bedeutet,
dass ich überall durchkomme und
mit allen ____________________
gut fertigwerde.

5. Phileas Fogg geht jeden Tag in einen Club und spielt dort Karten mit seinen Bekannten.
Worüber reden sie am 2. Oktober 1872?
Streiche die falschen Wortgruppen durch.

über das Wetter in London

über einen Diebstahl bei der Bank von England

über das Mittagessen im Club

6. In England heißt das Geld **Pfund Sterling** oder kurz **Pfund**.
Wie viel Geld wurde gestohlen? Markiere.
Tipp: Lies noch einmal Seite 7.

50000 Pfund
15000 Pfund
55000 Pfund

7. In der Zeitung steht etwas über den Dieb. Wie wird er beschrieben? Ergänze den Satz.

Der Dieb ist ein ______________________________
fein angezogener / schmutzig gekleideter

und höflicher Mann.

8. Fogg und seine Bekannten unterhalten sich. Was sagt Fogg? Ergänze die Sprechblase. Tipp: Lies noch einmal Seite 7.

Die Welt ______________________

______________________, weil man

heute im Jahr 1872 zehnmal schneller

als früher reisen kann. Denken Sie an

die Eisenbahn oder an die Dampfschiffe.

9. Fogg und seine Bekannten aus dem Club schließen eine Wette ab. Worum geht es dabei? Markiere die richtigen Aussagen.

Phileas Fogg will in 80 Tagen um die Welt reisen.
Phileas Fogg will in 80 Tagen den Dieb fangen.
Die Herren wetten um 50 000 Pfund Sterling.
Die Herren wetten um 20 000 Pfund Sterling.
Fogg will als Beweis Fotos machen.
Fogg will als Beweis seinen Reisepass zeigen.

10. Die Geschichte spielt im Jahr 1872.
Damals war vieles ganz anders als heute.

a) Lies den Sachtext oder höre ihn dir an. Audio

Das Leben im Jahr 1872

Im Jahr 1872 lebten die Menschen ganz anders als heute. Es gab zum Beispiel **keine Autos.** Auch **Flugzeuge** und **Schiffe mit Motor** gab es noch nicht. Die Menschen fuhren in **Kutschen,** ritten auf **Pferden** oder gingen zu Fuß. Eine **Reise dauerte** früher **lange** und **war** sehr **anstrengend.** In den Häusern gab es **keinen Strom**. Wäsche wurde mit der Hand gewaschen. Essen kochte man auf einem **Herd**, der **mit Feuer** beheizt wurde. Wer **Licht** brauchte, musste **Kerzen, Öl-Lampen** oder **Gas-Lampen** anzünden. Auch **Telefon** und **Computer** gab es nicht. Die Menschen schrieben **Briefe**. Man konnte bei der Post ein **Telegramm** aufgeben, wenn es schnell gehen sollte. Dann wurde die Nachricht mithilfe von Geräten verschickt und kam in wenigen Stunden an. Aber Telegramme waren **sehr teuer**, weil jedes Wort etwas kostete.

b) Was hast du im Sachtext erfahren?
Schreibe die folgenden Fragen in dein Heft und beantworte sie in ganzen Sätzen.

- Wie reisten die Menschen im Jahr 1872?
- Warum dauerten die Reisen früher sehr lange?
- Wie schickten sich die Menschen Nachrichten?

Haltepunkt: gemeinsam arbeiten

1. **In der Geschichte geht es um eine Wette. Was wettet Phileas Fogg mit seinen Bekannten aus dem Club? Sprecht darüber.**

2. **Phileas Fogg hat einen Plan. Wie will er die Wette gewinnen? Arbeitet in Gruppen und geht so vor:**
   - Seht euch die Weltkarte auf der nächsten Seite an.
   - Übertragt die Karte auf ein großes Blatt.
   - Ergänzt in eurer Karte die fehlenden Städtenamen.
   - Schreibt die Namen der folgenden Länder an die richtigen Stellen in eurer Karte.

China – England – Japan – Amerika – Indien – Ägypten

   - Tragt in eure Karte ein, wie viel Zeit Fogg für jede Strecke geplant hat.
   - Ihr könnt auch dazuschreiben oder malen, mit welchem Fahrzeug Fogg reisen will.

3. **Hängt eure Karten in der Klasse auf und sprecht darüber:**
   - Welche Stationen plant Fogg?
   - Wie will er sie erreichen?

   Hebt eure Karten auf, ihr braucht sie noch.

Weltkarte von 1872

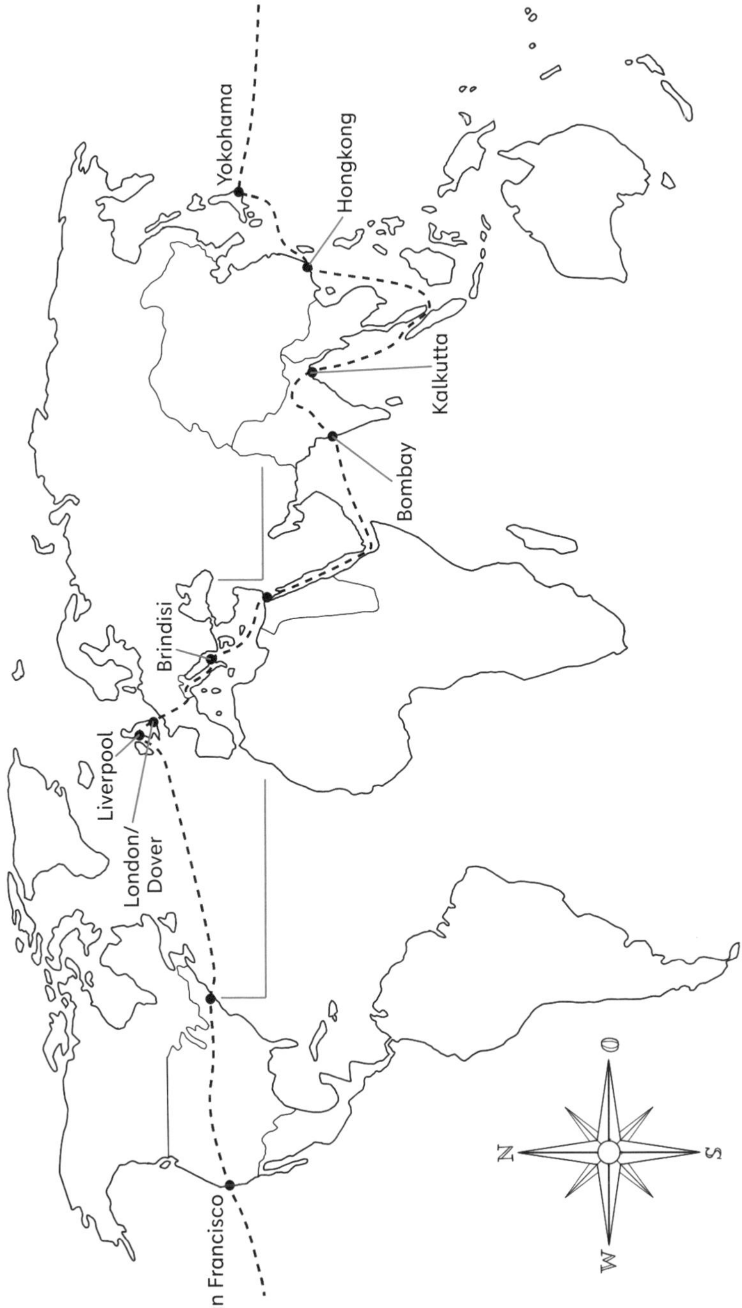

4. Wie sah das Leben im Jahr 1872 aus?
Informiert euch und erstellt ein Plakat.

a) Bildet Gruppen und wählt ein Thema aus.

b) Sucht Informationen und Bilder im Internet.
Die Suchwörter können euch helfen.

Reisen im Jahr 1872

Womit konnten die Menschen reisen?
Wie schnell konnten sie reisen?

Dampfschiff | Dampflokomotive

Nachrichten im Jahr 1872

Wie schickten die Menschen sich Nachrichten?
Wie lange dauerte es, bis eine Nachricht ankam?

Telegramm | Postkutsche

Leben ohne Strom im Jahr 1872

Wie wuschen die Menschen ihre Wäsche?
Wie machten sie im Dunkeln Licht?

Waschtag | Öl-Lampe

c) Erstellt euer Plakat:

- Schreibt die Überschrift auf.
- Beantwortet die Fragen zu eurem Thema.
- Klebt passende Bilder dazu.

5. Präsentiert eure Plakate in der Klasse.
Sprecht darüber:

- Wie war das Leben früher?
- Was ist heute anders?

Kapitel 2:
Inspektor Fix sucht den Dieb

Audio

Phileas Foggs Wette wurde schnell bekannt. Sogar die Zeitungen berichteten von seinem Abenteuer. Also gab es gleich zwei interessante Themen in London: der Diebstahl bei der Bank von England und die Reise von Phileas Fogg. Die Polizei von London setzte viele Polizisten ein, die den Dieb finden sollten. Sie suchten in England, aber auch in den großen Häfen rund um die Welt. Inspektor Fix war einer von diesen Polizisten.

Kapitel 2

Fix sollte Reisende überwachen, die in den Hafen von Suez kamen. Wenn er jemanden verdächtig fand, sollte er um einen Haftbefehl bitten und dieser Person folgen. Gesucht wurde ein höflicher und gut gekleideter Gentleman, der mit einer großen Menge Geld unterwegs war.

In einem Büro am Hafen sprach Fix mit dem Konsul, dem Vertreter von England in Suez.

„Wie wollen Sie den Dieb denn erkennen?“, fragte der Konsul den Inspektor. „Seine Beschreibung passt doch auf alle möglichen Leute.“

„Dafür braucht man eine feine Spürnase, so wie ich sie habe“, entgegnete Fix. „Ich werde den Dieb damit sicher erkennen. Ich habe schon viele Verbrecher gefunden und verhaftet.“

Später lief Fix unruhig im Hafen auf und ab. Er wartete auf die Ankunft des Schiffes *Mongolia*, das nach Indien unterwegs war und in Suez kurz haltmachen sollte. Fix vermutete, dass der Dieb auf dem Schiff war.

Endlich kam das Schiff in den Hafen.

Als die Reisenden ausstiegen, beobachtete Fix sie heimlich. Da sah er einen schlanken, kräftigen Mann mit schwarzem Schnurrbart, der offenbar nach etwas suchte. Es war Passepartout.

„Guten Tag, mein Herr. Suchen Sie etwas? Kann ich Ihnen helfen?“, fragte Fix.

„Ja, vielen Dank. Ich muss einen Einreise-Stempel für diesen Reisepass hier besorgen“, sagte Passepartout.

„Geben Sie mal her, ich kenne mich aus“, sagte Fix und nahm den Pass. „Ist das Ihr Pass?“

„Nein, er gehört meinem Herrn. Er ist auf dem Schiff geblieben“, sagte Passepartout.

Fix sah sich den Pass an und fragte: „Sie kommen aus London? Wohin fahren Sie?“

„Wir reisen um die Welt“, plauderte Passepartout. „Aber wir haben es eilig. Wir sind auch ganz plötzlich aus London abgereist. Deshalb muss ich noch viele Dinge einkaufen. Aber mein Herr hat sehr viel Geld dabei. Ein ganzes Bündel Geldscheine habe ich für ihn in die Reisetasche gepackt!“

Aha!, dachte Fix. Das gestohlene Geld! Sein Herr muss der Bank-Dieb sein! Aber Fix ließ sich seine Aufregung nicht anmerken. „Dienen Sie Ihrem Herrn schon lange?“, fragte er.

„Nein. Er hat mich erst kurz vor der Reise eingestellt“, erwiderte Passepartout. „Nur wenige Menschen kennen ihn. Er lebt allein und redet wenig.“

Fix gab Passepartout den Pass zurück und sagte: „Mit dem Pass muss Ihr Herr persönlich zum Konsul gehen, um den Einreise-Stempel zu bekommen. Dort hinten ist das Büro.“ Fix deutete auf ein Haus.

Während Passepartout zum Schiff zurückging, lief Fix schnell zum Konsul. „Ich habe den Dieb gefunden!“, rief er. „Auf meine Spürnase kann ich mich verlassen! Der Dieb ist unterwegs zu Ihnen, Herr Konsul, damit Sie ihm einen Einreise-Stempel geben. Halten Sie ihn hier fest, bis ich einen Haftbefehl bekomme!“

„Das kann ich aber nicht ohne einen Grund tun“, sagte der Konsul.

Da klopfte es auch schon an der Tür. Phileas Fogg und Passepartout traten ein.

Fogg bat sehr höflich um den Einreise-Stempel. Er erzählte, dass er nach Bombay weiterfahren wollte. Sein Pass war in Ordnung. Der Konsul drückte also den Stempel von der Stadt Suez auf eine freie Seite. Daraufhin verabschiedeten sich Herr und Diener und verließen das Büro. „Aber das war ganz sicher der Bank-Dieb!“, rief Fix. „Nun ist er entkommen!“ Wütend lief Fix davon. Er musste nun schnell ein Telegramm an die Polizei in London schicken.

Seit der Abreise von Phileas Fogg war schon genau eine Woche vergangen. Da traf dieses Telegramm bei der Polizei von London ein:

„Habe Bank-Dieb Phileas Fogg gefunden. Reise ihm von Suez nach Bombay nach. Schicken Sie Haftbefehl nach Bombay. Inspektor Fix.“

Die Zeitungen in England druckten das Telegramm ab. Die Menschen waren fassungslos und Foggs Bekannte aus dem Club wunderten sich: War Phileas Fogg wirklich der gesuchte Dieb? Fogg war klug, er war gut gekleidet und höflich – wie der Dieb. Und Geld hatte er auch. Außerdem war Fogg kurz nach dem Diebstahl weggefahren. War die Wette etwa nur eine Ausrede, um der Polizei zu entkommen?

Fortsetzung folgt

1. Fogg hat auf seiner Reise eine wichtige Station erreicht. Welche Station ist es? Markiere sie in der Karte auf Seite 15.

2. Wer in einem fremden Land ist und Hilfe braucht, kann zum Vertreter seines eigenen Landes dort gehen. Inspektor Fix ist in Ägypten und geht zum Vertreter von England. Wie heißt der Vertreter eines Landes? Streiche die falschen Wörter durch.

   der König der Konsul der Gentleman

3. Inspektor Fix glaubt, dass er den Dieb erkennt, weil er eine **feine Spürnase** hat. Was bedeutet diese Redewendung? Kreuze an.

   ☐ Fix vergleicht sich mit einem Suchhund. Hunde erkennen Menschen am Geruch. Sie benutzen ihre Nase, um eine Spur zu verfolgen.

   ☐ Fix meint, dass der Dieb sehr schlecht riecht. Fix glaubt, dass er ihn am Gestank erkennt.

4. Fix beobachtet die Reisenden im Hafen. Wen spricht er an? Beantworte die Frage in einem vollständigen Satz. Tipp: Lies noch einmal Seite 18.

5. Fix fragt Passepartout über seinen Herrn aus.
Was erfährt er über Phileas Fogg?
Markiere es auf Seite 19.

6. Fogg geht in das Büro vom Konsul und bittet um einen Einreise-Stempel. Was ist das?
Lies den Satz am Faden und zeichne ihn nach.

Ein Einreise-Stempel ist

das in einen Reisepass

ein Zeichen,

ein Land betreten hat.

wann jemand

gedruckt wird

und zeigt,

7. Inspektor Fix möchte Fogg verhaften, aber dafür braucht er einen Haftbefehl.
   a) Was ist ein Haftbefehl?
   Lies den Sachtext oder höre ihn dir an.

Audio

Haftbefehl

Wenn die Polizei jemanden verhaften will, geht sie zu einem Richter. Ein Richter kennt die Gesetze gut und entscheidet, was richtig und was falsch ist. Er schreibt einen Brief, in dem steht, warum die Polizei jemanden festnehmen darf. Das nennt man Haftbefehl.

   b) Markiere im Text wichtige Informationen.

Kapitel 3: Ein Reise-Tagebuch und neue Abenteuer

Audio

Passepartout ging bis zur Weiterfahrt spazieren. Fogg aber kehrte auf das Schiff zurück und schrieb in sein Reise-Tagebuch: „Abreise aus London: 2. Oktober 1872 um 20:45 Uhr. Ankunft im Hafen von Brindisi: Samstag, 5. Oktober um 16 Uhr, danach Weiterfahrt mit dem Schiff nach Suez. Ankunft im Hafen von Suez: Mittwoch, 9. Oktober um 11 Uhr.“

Fogg rechnete und sagte dann zufrieden zu sich: „Die Reisezeit beträgt bisher 158 Stunden und 30 Minuten. Das sind sechs Tage und 14 Stunden. Wir sind genau wie geplant unterwegs!“ Das Schiff *Mongolia* fuhr ab. Die Menschen auf dem Schiff vergnügten sich mit Musik und Tanzen, gutem Essen sowie Spaziergängen. Fogg spielte aber lieber Karten mit anderen Reisenden. Der neugierige Passepartout sah sich das Schiff an und erlebte eine Überraschung: Er traf den Mann wieder, der ihm im Hafen von Suez geholfen hatte. Das war natürlich Inspektor Fix. Die beiden unterhielten sich. Von da an trafen sie sich öfter. Fix nutzte dabei jede Gelegenheit, um Passepartout über Phileas Fogg auszufragen. So erfuhr er auch von der Wette. Aber Fix glaubte nichts davon.

Die Seereise verlief gut. Das Meer blieb ruhig und der Wind war günstig. Deshalb erreichten sie Bombay viel früher als geplant. Schon sahen sie die Hügel und Palmen an der Küste: Sie waren in Indien! Mit großem Vergnügen schrieb Fogg in sein Tagebuch: „Ankunft im Hafen von Bombay: Sonntag, 20. Oktober um 16:30 Uhr. Ursprünglich geplante Ankunft: 22. Oktober. Wir haben zwei Tage Vorsprung!“ In Bombay mussten Fogg und Passepartout vom Schiff auf die Eisenbahn umsteigen. „Wir fahren heute Abend um 20 Uhr mit dem Zug weiter nach Kalkutta, Passepartout. Das ist in dreieinhalb Stunden“, sagte Fogg. „Wir brauchen nur noch einen Stempel für meinen Reisepass.“

„Aber Mister [Mista] Fogg, wollen Sie sich denn nicht Bombay ansehen?“, fragte Passepartout erstaunt. Die Stadt lockte ihn mit ihrer Farbenpracht, ihren geschmückten Tempeln, den fremdartigen Klängen und wunderbaren Düften.

„Nein. Aber du kannst auf den Markt gehen. Kauf bitte frische Wäsche ein und sei pünktlich am Bahnhof.“

Mit diesen Worten machte sich Fogg auf den Weg, um sich wieder einen Einreise-Stempel zu holen.

Auch Inspektor Fix war schon an Land. Er eilte zur nächsten Polizeistation, um den Haftbefehl abzuholen. Der war aber noch nicht angekommen! Fix war enttäuscht. Nun konnte er Fogg doch nicht verhaften. Fix sagte, dass der Haftbefehl nach Kalkutta geschickt werden sollte. Er wollte Fogg weiter folgen und ihn dann dort verhaften.

Passepartout spazierte inzwischen durch die Stadt. Da sah er einen prächtigen Hindu-Tempel. Als er das Gebäude betrat, liefen sofort drei Priester zu ihm und redeten laut mit ihm. Er verstand sie aber nicht. Die Priester wurden immer wütender und rissen ihm schließlich die Schuhe und Strümpfe von den Füßen. Passepartout wusste nicht, dass nur gläubige Hindus diesen Tempel betreten durften. Außerdem war es auch verboten, dort Schuhe und Strümpfe zu tragen. Passepartout wehrte sich und entkam, aber ohne Schuhe und Strümpfe. Er erreichte den Bahnhof gerade noch rechtzeitig und berichtete Fogg von seinem Erlebnis.

„Was du getan hast, ist hier in Indien streng verboten. Man darf als Reisender nur bestimmte Tempel betreten, und das auch nur barfuß“, erklärte ihm Fogg.

„Pass auf, dass das nicht noch einmal passiert. Wir können sonst Probleme mit der Polizei bekommen!“ Mit diesen Worten stieg Fogg in den Zug. Passepartout folgte ihm eilig. Inspektor Fix stand in der Nähe. Er hatte das Gespräch mitgehört. Aha, Passepartout hat einen Hindu-Tempel betreten, überlegte er. Und auch noch mit Schuhen! Wenn ich die Polizei in Indien darüber informiere, verhaftet sie ihn und auch Fogg, seinen Herrn. Dann müssen die beiden vor Gericht und dürfen das Land nicht verlassen. Sie kommen also nur bis Kalkutta – und ich kann in Ruhe auf den Haftbefehl warten!

Fogg und Passepartout hatten nun drei Tage im Zug vor sich. Sir Francis [Ssör Fränzis], den sie schon vom Schiff *Mongolia* her kannten, reiste mit ihnen. Sir Francis erzählte ihnen viel über Indien und Fogg erzählte ihm von der Wette. Sie fuhren bereits lange Zeit – vorbei an Städten und Dörfern, an Feldern, Bergen und Tempeln. Da hielt der Zug plötzlich. „Bitte alle aussteigen!“, rief der Zugführer. „Die Strecke endet hier, weil noch Schienen fehlen. Die nächsten 50 Meilen bis Allahabad müssen Sie alleine weiterreisen. Danach gibt es wieder eine Zugstrecke nach Kalkutta.“ „Jetzt ist Ihre Wette verloren!“, sagte Sir Francis. „Nein“, sprach Fogg ruhig. „Heute ist der 22. Oktober. Das Dampfschiff von Kalkutta nach Hongkong fährt erst am 25. Oktober. Wir haben also drei Tage Zeit, um nach Kalkutta zu reisen.“

Fortsetzung folgt

1. Die Reise verläuft bisher gut.
   a) Wann sind Fogg und Passepartout in Suez angekommen? Markiere die passende Textstelle.
   b) Wie lange hat die Reise bisher gedauert? Kreuze an.
   Tipp: Lies noch einmal Seite 24.

☐ 8 Tage und 22 Stunden
☐ 6 Tage und 14 Stunden
☐ 7 Tage und 12 Stunden

2. An welchem Tag erreichen die Reisenden die Stadt Bombay in Indien? Male das richtige Datum an.

20. Oktober 1872

22. Oktober 1872

3. Fogg, Passepartout und Fix verlassen das Schiff.
   a) Wohin gehen sie? Verbinde.

Passepartout	geht zur Polizeistation.
Phileas Fogg	geht in die Stadt.
Inspektor Fix	geht zum Konsul.

b) Warum gehen sie dorthin? Ergänze die Sätze.

einen Einreise-Stempel – den Haftbefehl – frische Wäsche

Passepartout soll ____________________ einkaufen.

Fogg will sich ____________________ holen.

Fix will ____________________ für Fogg abholen.

4. Passepartout geht in einen Hindu-Tempel.
   Was ist ein Hindu-Tempel?
   a) Lies den Sachtext oder höre ihn dir an. Audio

Hindu-Tempel

Ein Tempel ist ein Gebäude für gläubige Menschen. Die gläubigen Menschen der wichtigsten Religion in Indien werden Hindus genannt. Sie beten in Hindu-Tempeln zu ihren Göttern. Im Tempel gibt es auch Priester. Sie dienen den Göttern und zeigen Hindus, wie sie ihre Götter verehren können.

b) Was tun Hindus in einem Tempel?
   Markiere es im Sachtext.

c) Warum sind die Priester im Tempel wütend auf Passepartout? Kreuze an.
   Tipp: Lies noch einmal Seite 25.

- ☐ Passepartout trägt Schuhe und Strümpfe.
- ☐ Passepartout redet zu laut.
- ☐ Nur Hindus dürfen in den Tempel.

5. Passepartout erzählt Fogg am Bahnhof, was ihm im Tempel passiert ist. Inspektor Fix hört das Gespräch. Was plant Fix? Ergänze die Sätze.

Fix will der Polizei in Indien sagen, was Passepartout getan hat. Dann verhaftet die Polizei Passepartout und auch ______________ (seinen Freund / seinen Herrn). Die beiden Männer müssen ______________ (vor Gericht / nach Hause) und dürfen Indien nicht verlassen. So hat Fix genug Zeit, um in Kalkutta auf ______________ (den Haftbefehl / den Zug) zu warten.

6. Die Reisenden fahren mit der Eisenbahn weiter. Warum bleibt der Zug von Bombay nach Kalkutta plötzlich stehen? Ergänze den Satz.
Tipp: Lies noch einmal Seite 26.

Er bleibt stehen, weil ______________________________ .

7. Die Reisenden müssen nach Allahabad. Von dort fährt wieder ein Zug nach Kalkutta.

a) Wo liegt Allahabad in Indien? Findet die Stadt auf einer Landkarte oder im Internet. Zeichnet sie dann in eure Weltkarte ein.

b) Es sind noch 50 Meilen bis Allahabad. Wie viel ist das in Kilometern? Rechnet es aus. Tipp: Eine Meile sind ungefähr 1,6 Kilometer.

50 · __________ = __________ Kilometer

Kapitel 4:
Die Rettung aus der Not

Audio

Sie waren in einem Dorf, weit draußen auf dem Land. Wie sollten sie weiterreisen? Da hatte Passepartout eine Idee. „Wir reisen auf einem Elefanten!“, rief er und zeigte auf einen großen Elefanten, neben dem ein alter Inder stand, der auf Reisegäste wartete. Das war aber sehr teuer. Der Inder war erst zufrieden, als Fogg ihm den Elefanten für 2000 Pfund abkaufte. Dann stiegen Fogg und Sir Francis in die Körbe, die rechts und links auf dem Rücken des Tieres hingen.

Passepartout setzte sich zwischen sie. Der Mahut, also der Mann, der den Elefanten führte, saß vor Passepartout auf dem Hals des Tieres. Er lenkte den Elefanten mit einem dünnen Stock.
Der Mahut kannte die Gegend gut. Er schlug vor, eine Abkürzung durch den Wald zu nehmen.
Alle waren einverstanden und bald ritten sie durch einen dichten Palmenwald.
Dort gab es viele wilde Tiere wie Tiger und Schlangen.

Aber es gab auch noch andere Gefahren. Indien ist ein riesiges Land. Die Regierung hatte deshalb nicht alle Gebiete unter Kontrolle. In dieser wilden Gegend zogen Räuber umher. Auch die Einwohner konnten gefährlich sein, denn sie hielten sich nicht immer an die Gesetze. Daher musste man vorsichtig reisen. Am Abend erreichten die Reisenden eine alte Hütte. Das war ein sicherer Schlafplatz für die Nacht.

Früh am nächsten Morgen zogen sie weiter. Sie waren schon einige Zeit unterwegs, als der Elefant plötzlich stehen blieb. Der Mahut bat die Männer, still zu sein. Nach einer Weile hörten sie Trommeln und Gesänge. Die Männer versteckten sich hinter einem Gebüsch. Kurz darauf sahen sie eine Gruppe von Menschen. Vorne gingen zwei Hindu-Priester. Sie hielten eine junge Frau fest und zogen sie mit sich. Dahinter trugen vier bewaffnete Männer eine Bahre. Darauf lag ein toter, alter und sehr reicher Mann, der prächtige Kleidung trug. Hinter der Bahre gingen Musiker mit Trommeln und viele Männer, Frauen und Kinder, die sangen.

„Was bedeutet das? Wohin gehen diese Leute?“, flüsterte Fogg.

„Sie sind unterwegs zu einem Begräbnis. Der Tote und seine Frau sollen dabei auf einem Scheiterhaufen verbrannt werden“, antwortete Sir Francis.

„Aber die Frau lebt doch!“, sagte Fogg entsetzt.

„Ja, das ist eine alte religiöse Vorstellung in Indien“, erklärte Sir Francis. „Die Ehefrau soll ihrem Mann in den Tod folgen. Die Regierung hat das verboten, aber in dieser Gegend wird das Gesetz nicht beachtet.“

Der Mahut sagte: „Die Frau tut das nicht freiwillig. Sie wurde mit Gift betäubt, deshalb wehrt sie sich nicht. Man hat sie auch dazu gezwungen, den Mann zu heiraten. Ihre Geschichte ist hier überall bekannt.“

„Die arme Frau!“, rief Passepartout leise.

Fogg dachte nach. Dann sagte er: „Wir dürfen nicht zulassen, dass man diese junge Frau verbrennt. Wir werden sie retten!“

„Aber dann verlieren Sie doch Ihre Wette“, sagte Sir Francis.

„Nein“, sprach Fogg ruhig. „Wir haben ja noch einen Vorsprung von 12 Stunden.“

Fogg und die anderen beschlossen, die junge Frau gemeinsam zu retten. Heimlich folgten sie der Menschengruppe durch den Wald. In der Nähe von einem Tempel blieben die Leute stehen. Dort war schon ein Scheiterhaufen. Hier wollte man den toten Mann und seine Frau am nächsten Morgen verbrennen. Der Körper des Mannes wurde auf den Scheiterhaufen gelegt. Die beiden Priester führten die Frau in den Tempel, wo sie streng bewacht wurde. Fogg und die anderen versteckten sich und warteten auf die Dunkelheit. Sie machten mehrere Versuche, aber es war unmöglich, die Frau zu befreien.

So verging die Nacht. Der Morgen kam und Trommeln erklangen. Dann schleppte man die junge Frau zum Scheiterhaufen. Sie versuchte, sich zu wehren, aber das Gift war stärker. Schließlich legte sie sich neben den Toten und bewegte sich nicht mehr. Der Scheiterhaufen wurde angezündet. Phileas Fogg sprang auf, aber Sir Francis hielt ihn zurück.

Doch da geschah etwas Unglaubliches: Der tote Mann erhob sich wie ein Gespenst. Er trug die junge Frau in seinen Armen durch den Rauch und die Flammen und stieg mit ihr herunter von dem Scheiterhaufen. Die Leute ringsum schrien vor Schreck. Alle waren wie gelähmt. Das Gespenst kam auf Fogg zu und rief: „Mister Fogg, ich habe sie! Aber jetzt müssen wir schnell weg!“ Es war Passepartout. Er hatte sich in der Dunkelheit an die Stelle des Toten oben auf den Scheiterhaufen gelegt! So schnell sie konnten, hoben die Männer die junge Frau auf den Elefanten und ritten davon. Fogg und Sir Francis lobten Passepartout für seine mutige Tat.

Einige Stunden später erreichten sie Allahabad. Die junge Frau erwachte aus der Betäubung. Als sie erfuhr, was passiert war, dankte sie den Männern. Der Name der Frau war Aouda [Ah-udah]. Phileas Fogg sagte: „Sie können nicht in Indien bleiben, man wird Sie verfolgen. Kommen Sie mit uns, wir reisen nach Hongkong.“ Aouda war einverstanden, denn sie hatte in Hongkong einen reichen Onkel und wollte bei ihm leben. Sir Francis verabschiedete sich in Allahabad von ihnen. Den Elefanten schenkte Fogg dem Mahut. Dann reisten Aouda, Fogg und Passepartout mit dem Zug weiter und erreichten am 25. Oktober um 7 Uhr morgens Kalkutta. Sie hatten noch fünf Stunden Zeit bis zur Abfahrt nach Hongkong. Doch als sie aus dem Bahnhof kamen, trat ihnen ein Polizist in den Weg. Er fragte: „Sind Sie Phileas Fogg und Jean Passepartout?“

„Ja, das sind wir“, antwortete Fogg. „Dann muss ich Sie bitten, mit mir zum Gericht zu kommen“, sagte der Polizist. Eine Erklärung gab er ihnen nicht.

Aouda fuhr mit ihnen zum Gericht. Dort mussten sie erst einmal lange warten. Um kurz vor halb neun Uhr wurden sie zum Richter geführt. Sie erfuhren, dass Passepartout angeklagt war, weil er in Bombay ohne Erlaubnis und mit Schuhen in den Hindu-Tempel gegangen war. Der Richter verurteilte ihn zu 14 Tagen Gefängnis und zu einer Geldstrafe von 300 Pfund.

Zu Fogg sagte der Richter: „Sie sind auch für die Tat Ihres Dieners verantwortlich. Ich verurteile Sie darum zu acht Tagen Gefängnis und 150 Pfund Geldstrafe.“

Passepartout erschrak und dachte: Das kann nicht sein! Ich bin schuld, wenn mein Herr nun die Wette verliert!

Auch Inspektor Fix saß im Gerichtssaal. Er freute sich. Jetzt konnte er in Ruhe auf den Haftbefehl warten, denn Fogg musste ins Gefängnis.

Doch Phileas Fogg sagte zum Richter: „Ich möchte Geld bezahlen, damit mein Diener und ich freikommen. Wie hoch ist die Summe für uns beide?“

Der Richter antwortete: „2000 Pfund.“

Das war sehr viel Geld, aber Fogg zahlte sofort. Dann verließen Fogg, Passepartout und Aouda das Gericht und fuhren zum Hafen. In einer Stunde sollte das Dampfschiff nach Hongkong abfahren.

Wütend sah Fix ihnen hinterher und flüsterte: „Ich gebe nicht auf. Und wenn ich dabei um die ganze Welt reisen muss!“

Fortsetzung folgt

1. Der Zug ist in einem Dorf stehen geblieben. Wie reisen Fogg, Passepartout und Sir Francis weiter nach Allahabad? Ergänze den Satz.

Sie reisen ______________________________ .

2. Die Reisenden kommen durch einen Wald. Welche Gefahren gibt es dort? Kreuze an. Tipp: Lies noch einmal die Seiten 31 und 32.

- ☐ tiefe Flüsse
- ☐ Räuber, die umherziehen
- ☐ wilde Tiere
- ☐ Einwohner, die sich nicht an die Gesetze halten

3. Am nächsten Tag beobachten die Reisenden zwei Hindu-Priester und eine Menschengruppe. Welche Aufgaben hat ein Hindu-Priester?

a) Lies den Sachtext oder höre ihn dir an. Audio

Hindu-Priester

Ein Hindu-Priester reinigt den Tempel und liest in heiligen Büchern. Er kennt die Regeln der Hindu-Religion genau. Wenn Hindus sterben, begleitet der Hindu-Priester die Bahre. Das ist ein Gestell aus Holz, auf dem die tote Person liegt und zum Begräbnis gebracht wird. Beim Begräbnis werden tote Hindus aber nicht begraben, sondern verbrannt.

b) Markiere im Sachtext die Aufgaben, die ein Hindu-Priester hat.

c) **Was ist eine Bahre? Kreuze an.**

- ☐ ein Gestell aus Holz für kranke oder tote Menschen
- ☐ ein Stuhl aus Holz für alte Menschen

4. Die Menschengruppe geht zu einem Begräbnis.

a) **Was soll dabei passieren? Streiche den falschen Satz durch.**

Ein toter alter Mann und seine tote junge Frau sollen auf einem Scheiterhaufen verbrannt werden.

Ein toter alter Mann und seine lebende junge Frau sollen auf einem Scheiterhaufen verbrannt werden.

b) **Ein Scheit ist ein Stück Holz. Was ist also ein Scheiterhaufen? Ergänze den Satz.**

Ein Scheiterhaufen sind viele ______________________

auf einem ______________________ .

5. Fogg ist entsetzt. Was erklärt ihm Sir Francis? Ergänze die Sätze.

das Gesetz – ihrem Mann

Das ist eine alte religiöse Vorstellung in Indien.

Die Ehefrau soll ______________________ in den Tod

folgen. Die Regierung hat das verboten, aber

in dieser Gegend wird ______________________

nicht beachtet.

6. Die Frau wehrt sich nicht. Warum nicht? Kreuze an.
   Tipp: Lies noch einmal Seite 33.

- ☐ Die Frau ist ohnmächtig geworden.
- ☐ Die Frau will sterben, weil ihr Mann tot ist.
- ☐ Die Frau hat Gift bekommen und ist betäubt.

7. Die Reisenden wollen der jungen Frau helfen.
   Was passiert der Reihe nach?
   a) Die Zusammenfassung ist durcheinandergeraten.
      Nummeriere die Sätze in der richtigen Reihenfolge.
      Tipp: Lies noch einmal die Seiten 33 und 34.

Die Rettung

☐ Am nächsten Morgen wird der Scheiterhaufen angezündet.

[1] Die Reisenden folgen der Menschengruppe zu einem Tempel im Wald.

☐ Die Reisenden können die Frau in der Nacht nicht befreien.

☐ Die Reisenden reiten auf dem Elefanten davon.

☐ Passepartout hebt die Frau hoch und trägt sie durch das Feuer. Er hatte sich vorher heimlich auf den Scheiterhaufen gelegt.

☐ Die junge Frau wird im Tempel eingesperrt.

   b) Schreibe die Zusammenfassung richtig in dein Heft.
      Denke an die Überschrift.

8. Die junge Frau heißt Aouda. Fogg lädt sie ein, mit nach Hongkong zu reisen. Was sagt Aouda? Streiche die falsche Sprechblase durch.

Vielen Dank, aber ich kenne niemanden in Hongkong.

Danke. Dort habe ich einen Onkel, bei dem ich leben kann.

9. In Kalkutta verurteilt ein Richter Fogg und Passepartout zu Gefängnis. Außerdem sollen sie als Strafe insgesamt 450 Pfund bezahlen.
   a) Weswegen werden sie verurteilt? Kreuze an.

- [ ] Passepartout hat in Bombay ohne Erlaubnis und mit Schuhen den Tempel betreten.
- [ ] Fogg und Passepartout haben im Dorf den Elefanten gestohlen.

   b) Wer hat die beiden bei der Polizei angezeigt? Schreibe den Namen auf.
   Tipp: Lies noch einmal Seite 26.

____

   c) Wie kommen die beiden frei? Ergänze den Satz.

Phileas Fogg zahlt dem Richter ______________ .
200 Pfund / 2000 Pfund

Haltepunkt: gemeinsam arbeiten

1. Am 25. Oktober 1872 erreichen Fogg und Passepartout Kalkutta.

   a) Sprecht über die folgenden Fragen und schreibt die Fragen und Antworten auf einen Zettel oder in euer Heft:
   - Fogg und Passepartout reisen von Suez nach Kalkutta. Wo halten sie überall an?
   - Wann haben sie welche Station erreicht?
   - Womit sind sie jeweils gereist?

   b) Tragt die Stationen und Zeitangaben in eure große Karte ein. Schreibt auch dazu, womit Fogg und Passepartout gereist sind.

   c) Vergleicht eure Ergebnisse.

   d) Wie hat Fogg die Reise geplant? Und wie ist sie tatsächlich verlaufen? Sprecht darüber.

2. Auf dem Weg von Bombay nach Kalkutta begegnen die Reisenden einer jungen Inderin: Aouda. Sprecht über diese Fragen:
   - In welcher Situation befindet sich Aouda?
   - Was soll mit ihr passieren? Ist das erlaubt?
   - Warum wehrt sich Aouda nicht?

   Die Wortgruppen im Kasten können euch helfen.

die Ehefrau – der tote Mann – in den Tod folgen – der Scheiterhaufen – die religiöse Vorstellung – die Tradition – gegen das Gesetz – das Gift

**3. Stellt euch die folgende Situation vor:
Die Zeitung will über die Rettung von Aouda berichten.
Deshalb befragt ein Reporter Passepartout.**

a) **Überlegt gemeinsam:**

- Was fragt der Reporter?
- Was antwortet Passepartout?

Die Wörter und Wortgruppen in den beiden Kästen können euch helfen.

Wo ...? – Wann ...? – Wer ...? – Warum ...? – Wie genau ...? – Was ...? – Welche Reaktion ...?	im Wald – in der Nähe von Allahabad – die Priester – das Mitleid – das Unrecht – im Tempel – die Nacht – befreien – unmöglich – die Idee – verstecken – der Scheiterhaufen – tragen – erschreckt – schreien

b) **Schreibt das Gespräch zwischen Passepartout und dem Reporter auf.**

c) **Entscheidet: Wer von euch ist Passepartout, wer ist der Reporter?**

d) **Lest das Gespräch in der Klasse vor oder nehmt es als Audio-Datei auf und spielt die Datei ab.**

4. Sprecht über eure Gespräche:

- Wird deutlich, was passiert ist und wie Aouda gerettet werden konnte?
- Fehlt etwas?

Kapitel 5: Inspektor Fix ist verzweifelt

Audio

Fix durfte keine Zeit verlieren. Schnell sagte er der Polizei, dass man ihm den Haftbefehl nach Hongkong schicken sollte. Er hoffte, dass er Fogg dort endlich verhaften konnte. Im letzten Augenblick ging Fix dann auf das Dampfschiff nach Hongkong. Es hatte den Namen *Rangoon* **[Ränguhn]**. Auf dem Schiff beobachtete Inspektor Fix heimlich Fogg und Aouda. Fix fragte sich, wer die junge Frau war. Er dachte: Vielleicht hat Fogg sie entführt. Ha! Das ist noch ein Grund, ihn zu verhaften!

Fix wollte Passepartout dazu befragen. Also lief er dem Diener wie zufällig über den Weg und rief: „Lieber Passepartout, was für eine Überraschung, Sie hier zu sehen!“ Fix erzählte Passepartout, dass er geschäftlich nach Hongkong fuhr. Dann fragte er ihn über Fogg aus. „Und wer ist die junge Dame, die mit Mister Fogg reist?“, wollte Fix noch wissen. Da erzählte Passepartout ihm die ganze Geschichte von dem Scheiterhaufen und der Rettung. Fix dachte enttäuscht: Also doch keine Entführung.

Nach der Begegnung dachte Passepartout lange nach. Das Wiedersehen mit Fix kam ihm seltsam vor. Was will dieser Mann? Warum folgt er uns?, fragte er sich. Da hatte Passepartout eine Idee. Er dachte: Vielleicht ist Fix ein Spion und die Bekannten von Mister Fogg aus dem Club haben ihn geschickt. Fix soll prüfen, ob Mister Fogg wirklich um die Welt reist. Das ist die Erklärung! Mich kann Fix nicht so leicht täuschen. Aber Mister Fogg sage ich besser nichts davon. Es würde ihm nicht gefallen, dass seine Bekannten ihm nicht vertrauen!

Inzwischen gingen Fogg und Aouda immer wieder gemeinsam auf der *Rangoon* spazieren. Fogg sprach wenig, aber er hörte Aouda gerne zu. Sie sagte ihm oft, wie dankbar sie ihm war. Fogg zeigte dabei seine Gefühle nicht. Doch er sorgte sehr aufmerksam für Aouda. Je länger die Reise auf dem Schiff dauerte, desto mehr Zeit verbrachten Fogg und Aouda miteinander.

Nach ein paar Tagen mit gutem Wetter kam plötzlich starker Gegenwind auf. Das Schiff wurde langsamer. Als der Gegenwind Tag und Nacht anhielt, wurde Passepartout unruhig. Er rief besorgt: „Wir werden Verspätung haben und unser nächstes Schiff nach Yokohama verpassen!“

Phileas Fogg hingegen blieb ruhig wie immer.

Fix jedoch rieb sich zufrieden die Hände. Für ihn war jede Verspätung von Fogg gut, denn dann kam der Haftbefehl vielleicht rechtzeitig.

Schließlich erreichten sie Hongkong einen Tag später als geplant. Fogg schrieb in sein Reise-Tagebuch: „Ankunft in Hongkong: Mittwoch, 6. November um 13 Uhr, mit 24 Stunden Verspätung.“

Das Dampfschiff, das sie von Hongkong weiter nach Yokohama bringen sollte, war laut Plan abgefahren. Daher fragte Fogg den Kapitän der *Rangoon* nach dem nächsten Schiff nach Yokohama.

„Eigentlich geht das Schiff in acht Tagen“, antwortete der Kapitän. „Aber das Dampfschiff, das gestern abfahren sollte, muss repariert werden. Deshalb fährt es erst morgen los. Es heißt *Carnatic* [Karnätik].“

Zum Glück war die Verspätung also nicht groß.

Die Reisenden gingen an Land. Zuerst brachte Fogg Aouda und Passepartout in ein Hotel. Dann holte er sich einen Einreise-Stempel und machte sich anschließend auf die Suche nach Aoudas Onkel.

Fogg fand jedoch heraus, dass der Onkel schon seit zwei Jahren nicht mehr in Hongkong lebte, sondern in Holland. Fogg ging zurück in das Hotel und berichtete Aouda davon.

Kapitel 5

Die junge Frau wusste nicht, was sie tun sollte. „Reisen Sie mit uns weiter nach Europa“, sagte Fogg. „Dort ist ja auch Ihr Onkel.“ Aouda stimmte zu und bedankte sich erleichtert.

Passepartout sollte nun im Hafen das Dampfschiff *Carnatic* finden und drei Fahrkarten besorgen. Unterwegs traf er Fix. Der Inspektor war verzweifelt, denn er hatte immer noch keinen Haftbefehl. Passepartout lächelte ihn an und sagte: „Mister Fix, lassen Sie mich raten: Sie suchen auch das Schiff nach Yokohama!“ Als Fix nickte, dachte Passepartout: Ich wusste es! Er ist ein Spion! Er wird bestimmt die ganze Zeit mit uns reisen.

Im Hafen erfuhren Fix und Passepartout, dass die *Carnatic* schon repariert war. Der Kapitän wollte noch an diesem Abend abfahren und nicht erst am nächsten Morgen. „Das muss ich sofort meinem Herrn sagen!“, rief Passepartout erfreut. Als Fix das hörte, traf er eine Entscheidung. Er musste Fogg jetzt aufhalten. Und Passepartout sollte ihm dabei helfen. Also lud Fix ihn in eine Gaststätte ein. Sie setzten sich und bestellten Wein. Aber es gab in der Gaststätte auch Opium zu rauchen, eine gefährliche Droge, die betäubt und schläfrig macht. Während Passepartout den Wein trank, sagte Fix: „Ich muss Ihnen etwas über Ihren Herrn verraten. Mister Fogg ist ein Dieb.“

Passepartout starrte Fix erstaunt an. „Mein Herr ist kein Dieb, er ist der ehrlichste Mann auf der Welt!“, rief er und wollte gehen.

„Nun hören Sie mir doch zu!“, sagte Fix und goss ihm wieder Wein in das Glas. „Kurz vor seiner Abfahrt aus London hat Mister Fogg der Bank von England 55000 Pfund gestohlen. Fogg reist nicht um die Welt, sondern er ist auf der Flucht vor der Polizei. Helfen Sie mir, ihn aufzuhalten! Dann gebe ich Ihnen die Hälfte von meiner Belohnung. Das sind 1000 Pfund.“

Passepartout war empört. „Mein Herr soll ein Dieb und Betrüger sein? Nein! Sie sind ein Betrüger!“, rief er. „Sie sagen, Sie sind ein Geschäftsmann. Aber Sie reisen uns heimlich hinterher. Ich weiß Bescheid! Die Herren aus dem Club in London haben Sie als Spion geschickt!“

Fix war verwirrt. „Was für ein Club? Nein, ich bin ein Inspektor von der Polizei in London. Ich versuche, den Dieb zu verhaften. Und wenn Sie mir nicht helfen, dann sind Sie Foggs Komplize und ich verhafte Sie auch!“, rief er nun wütend.

Fix und Passepartout gerieten immer mehr in Streit. Auf dem Tisch vor ihnen lag eine Opium-Pfeife. In seinem Ärger griff Passepartout danach, zündete sie an und atmete den Rauch ein. Passepartout hatte keine Ahnung davon, wie Opium wirkt. Schon nach kurzer Zeit schlief er am Tisch ein.

Fortsetzung folgt

1. Im Text kommen diese schwierigen Wörter vor: der **Spion** und der **Komplize**. Was bedeuten sie? Verbinde richtig.
   Tipp: Ein Wörterbuch kann helfen.

der Spion	eine Person, die einem anderen Menschen dabei hilft, etwas zu tun, was böse oder nicht erlaubt ist
der Komplize	eine Person, die heimlich Informationen sammelt und Menschen überwacht, meistens für eine Regierung

2. Das Dampfschiff von Kalkutta nach Hongkong fährt ab. Beantworte die folgenden Fragen in Stichworten.

   - Wie heißt das Dampfschiff?

   ____

   - Wer kommt im letzten Augenblick auf das Schiff?

   ____

3. Inspektor Fix hält Fogg für einen Dieb. Fix möchte Fogg verhaften und glaubt, dass er noch einen Grund dafür gefunden hat. Was vermutet Fix? Streiche den falschen Satz durch.

Fix vermutet, dass Fogg eine Frau entführt hat.
Fix vermutet, dass Fogg ein Spion ist.

4. Fix redet mit Passepartout. Danach ist Passepartout sehr nachdenklich. Was denkt er? Ergänze die Sätze.

die Weltreise – ein Spion – die Bekannten

Passepartout überlegt, was Fix will. Er vermutet,

dass Fix ______________________ ist. Er denkt, dass Fix

für ______________________ von Fogg herausfinden soll,

ob Fogg ______________________ wirklich macht.

5. Auf dem Schiff verbringt Fogg viel Zeit mit einer Person. Welche Person ist das? Kreise ein.

der Kapitän Aouda Passepartout Fix

6. Ein starker Gegenwind macht das Schiff langsam. Sind die Sätze richtig oder falsch? Kreuze an.

	richtig	falsch
Fix freut sich über den Wind.	☐	☐
Fogg wird sehr unruhig.	☐	☐
Passepartout befürchtet, dass sie das Schiff von Hongkong nach Yokohama verpassen.	☐	☐
Die *Rangoon* erreicht Hongkong ohne Verspätung.	☐	☐
Die *Rangoon* erreicht Hongkong mit einem Tag Verspätung.	☐	☐

7. **In Hongkong sucht Fogg den Onkel von Aouda. Was passiert? Streiche die falschen Wörter durch.**

Fogg findet heraus, dass der Onkel seit zwei / drei / vier Jahren nicht mehr in Hongkong lebt. Er wohnt jetzt in Japan / Holland / England. Deshalb schlägt Fogg vor, dass Aouda mit nach Europa / Asien / Afrika reisen soll.

8. **Passepartout soll Fahrkarten für das Dampfschiff nach Yokohama kaufen. Was erlebt er?**
   a) **Die Zusammenfassung ist durcheinandergeraten. Nummeriere die Sätze in der richtigen Reihenfolge. Tipp: Lies noch einmal die Seiten 45 und 46.**

Passepartout in Hongkong

- ☐ Aus Ärger raucht er Opium und schläft ein.
- ☐ Im Hafen erfahren die beiden, dass das Schiff *Carnatic* schon am Abend losfährt, nicht erst am nächsten Morgen.
- 1 Auf dem Weg zum Hafen trifft er Fix.
- ☐ Fix lädt Passepartout in eine Gaststätte ein.
- ☐ Passepartout ist empört und wütend.
- ☐ Er sagt Passepartout, dass er ein Polizist ist und Fogg als Dieb verhaften will.

   b) **Schreibe die Zusammenfassung richtig in dein Heft. Denke an die Überschrift.**

Kapitel 6: Die Weiterfahrt ohne Passepartout

Audio

Am 6. November verließ das Dampfschiff *Carnatic* am Abend den Hafen von Hongkong – ohne Phileas Fogg und Aouda. Denn die beiden warteten im Hotel auf Passepartout und dachten, dass das Schiff erst am nächsten Morgen nach Yokohama fuhr. Sie warteten den ganzen Abend. Fogg musste Aouda beruhigen, weil sie sich Sorgen machte. Passepartout blieb verschwunden. Auch am nächsten Morgen kam er nicht. Also gingen Fogg und Aouda zum Hafen. Dort erfuhren sie, dass die *Carnatic* schon weg war.

„Oh nein! Was sollen wir jetzt tun?“, rief Aouda.

„Keine Sorge, das ist nur ein Zwischenfall“, sagte Fogg. „Wir nehmen ein anderes Schiff nach Yokohama.“

„Das nächste Schiff geht erst in acht Tagen“, sagte da Inspektor Fix. Er stand wie zufällig in der Nähe, denn er verfolgte Fogg ja immer noch.

„Wer sind Sie?“, fragte Fogg.

„Ich war auf der *Rangoon* und kenne Ihren Diener“, sagte Fix. „Und ich habe die *Carnatic* auch verpasst.“

Fogg ließ sich nicht aus der Ruhe bringen und machte sich auf die Suche nach einem anderen Schiff. Stundenlang lief Fogg mit Aouda durch den Hafen, aber kein Schiff war bereit zur Abfahrt. Fix folgte Fogg und der jungen Frau, weil er wissen wollte, wie es nun weiterging.

Schließlich kam ein Kapitän zu Fogg und sagte: „Sie suchen ein Schiff, Sir? Sie können bei mir auf dem Postschiff nach Schanghai reisen.“

Fogg schüttelte den Kopf und erklärte: „Ich muss so schnell wie möglich nach Yokohama.“

„Aber das sind 1650 Meilen!“, rief der Kapitän.

„Es sind 1600 Meilen“, verbesserte ihn Fogg. „Und ich zahle Ihnen 100 Pfund pro Tag und 200 Pfund extra, wenn Sie mich bis zum 14. November nach Yokohama bringen. Ich muss dort dringend in das Dampfschiff nach San Francisco umsteigen.“

Der Kapitän dachte nach. „Das ist viel Geld“, sagte er schließlich. „Aber diese weite Reise ist zu gefährlich. Auf dem Chinesischen Meer gibt es im November häufig Sturm. Und ich habe nur ein kleines Schiff.“

Er überlegte kurz und sagte dann: „Ich habe eine Idee.

Fahren Sie mit mir nach Schanghai. Bis dahin sind es nur 800 Meilen. Das Dampfschiff nach San Francisco fährt nämlich von Schanghai los und dann erst weiter nach Yokohama.“

„Und wann fährt das Dampfschiff von Schanghai ab?“, fragte Fogg.

„Am 11. November um 19 Uhr. Das ist in vier Tagen“, antwortete der Kapitän. „Wenn das Meer ruhig ist, können wir das schaffen. In einer Stunde ist mein Schiff bereit, dann fahren wir los.“

Fogg war zufrieden. Er gab dem Kapitän schon einmal 200 Pfund. Danach wandte sich Fogg an Fix und fragte ihn, ob er auf dem Postschiff mitfahren wollte. Dieses Angebot nahm Fix natürlich gern an.

Nun ging Fogg noch schnell zum englischen Konsul in Hongkong und hinterließ dort eine Nachricht für Passepartout. Er beschrieb auch, wie Passepartout aussah. Außerdem gab Fogg dem Konsul Geld, damit Passepartout wieder nach London reisen konnte.

Eine Stunde später fuhr das Postschiff mit Fogg, Fix und Aouda hinaus auf das Meer. Das Schiff war leicht und schnell. Es flog über das Wasser wie ein Vogel. Der Kapitän und seine Matrosen wollten sich gerne das Geld von Fogg verdienen und gaben ihr Bestes. Sie hatten viel Erfahrung und kannten den Kampf mit Stürmen und hohen Wellen. Das war auch gut, denn schon am zweiten Tag der Reise wurde das Meer unruhig. Es begann zu regnen und der Wind wurde immer stärker. Die Wellen warfen das kleine Schiff hin und her. Der Sturm tobte Tag und Nacht.

Besorgt sprach der Kapitän mit seinen Männern.

Dann sagte er zu Fogg: „Ich glaube, wir sollten besser in einen Hafen fahren.“ Phileas Fogg erwiderte: „Sie haben recht. Aber das muss der Hafen von Schanghai sein.“ Der Kapitän staunte, weil Fogg so einen starken Willen hatte. Der Sturm ging weiter, doch er trieb das Schiff in die richtige Richtung: nach Norden, nach Schanghai.

Am Morgen des 11. November war der Sturm endlich vorbei. Das Schiff war nur noch 100 Meilen von Schanghai entfernt. Bis zum Abend konnten die Reisenden es in den Hafen schaffen. Aber als es nur noch drei Meilen waren, sahen sie das Dampfschiff. Es war schon unterwegs nach Yokohama! Es fuhr ihnen davon! Der Kapitän rief: „Verdammt, wir sind zu spät!“ Aber Fogg wusste, was zu tun war. „Zeigen Sie dem Dampfschiff, dass wir Hilfe brauchen, Kapitän!“, rief er. „Senden Sie die Not-Signale! Setzen Sie die Flagge auf Halbmast und zünden Sie die Kanone!“ Die kleine Kanone auf dem Schiff wurde eigentlich nur bei Nebel abgefeuert. Aber nun donnerte ein Schuss über das Meer. Alle starrten gespannt auf das Dampfschiff. „Es wendet! Es kommt auf uns zu!“, rief der Kapitän. Und kurze Zeit später stiegen Phileas Fogg, Aouda und natürlich auch Inspektor Fix auf das Dampfschiff nach Yokohama.

Fortsetzung folgt

1. **Am Morgen erleben Phileas Fogg und Aouda zwei böse Überraschungen. Welche? Kreuze an.**

- ☐ Passepartout ist verschwunden.
- ☐ Fix verhaftet Phileas Fogg am Hafen.
- ☐ Die Fahrkarten für das Schiff nach Yokohama sind ungültig.
- ☐ Das Schiff *Carnatic* von Hongkong nach Yokohama ist schon abgefahren.

2. **Als Fogg mit Aouda spricht, mischt sich Fix ein. Wer sagt was? Verbinde.**
Tipp: Lies noch einmal Seite 51.

Aouda

Fogg

Fix

Das nächste Schiff geht erst in acht Tagen.

Oh nein! Was sollen wir jetzt tun?

Wir nehmen ein anderes Schiff nach Yokohama.

3. Fogg redet mit einem Kapitän. Was sagen sie? Ergänze die Sprechblasen.

nach San Francisco – von Schanghai – nach Yokohama – nach Schanghai

Ich zahle Ihnen 100 Pfund pro Tag und 200 Pfund extra, wenn Sie mich bis zum 14. November ______________________ ______________________ bringen. Ich muss dort dringend auf das Dampfschiff ______________________ umsteigen.

Ich habe eine Idee. Fahren Sie mit mir ______________________.
Bis dahin sind es nur 800 Meilen.
Das Dampfschiff nach San Francisco fährt nämlich ______________________ los und dann erst weiter nach Yokohama.

4. Der Kapitän fährt ein Postschiff. Was ist ein Postschiff?
   a) Sieh dir das Bild genau an.

   b) Lies den Sachtext oder höre ihn dir an. Audio

Postschiffe

Postschiffe transportierten früher nicht nur Briefe und Pakete, sondern auch Lebensmittel und Fahrgäste. Postschiffe konnten sehr schnell fahren. Sie wurden von einer Dampfmaschine angetrieben, aber sie hatten zusätzlich noch Masten, an denen Segel hingen. So konnten sie auch den Wind nutzen.

   c) Was transportierten Postschiffe? Markiere es im Sachtext.
   d) Kreise im Bild die zwei Masten ein und male die Segel farbig aus.

5. Fogg hinterlässt eine Nachricht für Passepartout beim Konsul in Hongkong.
   Was hat Fogg geschrieben?
   Ergänze die Nachricht auf Seite 57.
   Tipp: Lies noch einmal Seite 52.

Lieber Passepartout,

Aouda und ich fahren mit einem Postschiff nach

______________________ . Der Konsul gibt dir Geld,

damit du __________________________________

____ .

Phileas Fogg

6. Fogg lässt Fix auf dem Postschiff mitfahren. Warum? Ergänze die Sätze.

Fogg ist ein ______________________ Mensch.
unfreundlicher / hilfsbereiter

Außerdem weiß er nicht, dass Fix ______________________
ein Polizist / ein Spion

ist und ihn ______________________ .
verhaften will / angreifen will

7. Das Postschiff kommt zu spät. Trotzdem erreichen Fogg, Aouda und Fix das Dampfschiff nach Yokohama. Sprecht darüber:

- Wie schaffen sie das?
- Welche Signale sendet das Postschiff?
- Was zeigen die Signale dem Dampfschiff?

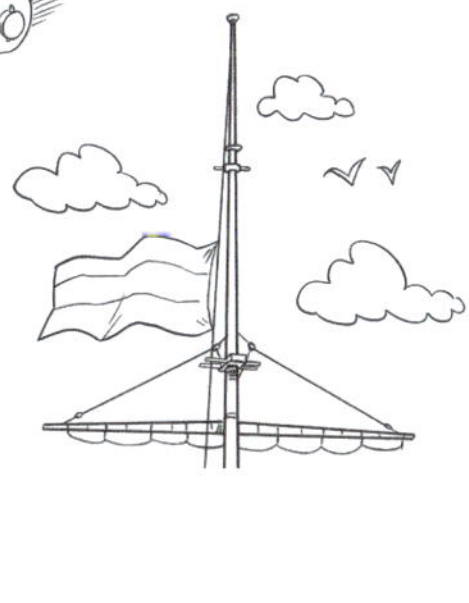

Die Bilder helfen euch.

Kapitel 7: Eine Jacke, ein Plakat und ein Wiedersehen im Zirkus

Audio

Wo aber war Passepartout, was geschah mit ihm? Passepartout schlief nicht lange in der Gaststätte. Als er aufwachte, war ihm schwindelig. Aber er erinnerte sich daran, dass er auf das Dampfschiff steigen und nach Yokohama fahren musste. Er lief zum Hafen und fand die *Carnatic*. Auf dem Schiff musste er sich sofort hinlegen, weil ihm wieder schwindelig war. Er schlief ein und erwachte erst, als das Schiff weit draußen auf dem Meer war. Verwirrt blickte er sich um und sagte: „Wo bin ich?

Ach ja, auf der *Carnatic*!“ Passepartout sprang auf und suchte nach Phileas Fogg und Aouda. Aber er konnte sie nicht finden. Er bat um Hilfe und durfte die Liste mit den Fahrgästen lesen. Doch Fogg und Aouda standen nicht darauf. Da fiel Passepartout etwas ein. Er dachte: Ich habe Mister Fogg ja nicht Bescheid gesagt, dass die *Carnatic* am Abend abfährt! Dieser verfluchte Fix, er hat mich mit Absicht aufgehalten! Und nun bin ich schuld, dass Mister Fogg seine Wette verliert!
Jetzt musste Passepartout allein weiterreisen.
Die Fahrkarte und das Essen waren schon bezahlt.
Aber was sollte Passepartout nach der Ankunft in Japan machen? Er hatte ja kein Geld.

Am 13. November erreichte die *Carnatic* den Hafen von Yokohama. Passepartout ging durch die Stadt und staunte. Er sah bunte Tempel und prächtige Gärten.
Die Straßen waren voller Menschen. Einige saßen in seltsamen kleinen Kutschen. Sie waren aus Holz, hießen Rikschas und wurden von Männern gezogen.
Am Abend bekam Passepartout großen Hunger. Aber er konnte sich nichts zu essen kaufen. Also lief er immer weiter, die ganze Nacht lang. Am Morgen beschloss er, seine feine englische Jacke zu verkaufen.
Er fand einen Händler, der ihm nicht nur Geld für die Jacke gab, sondern auch noch einen alten japanischen Mantel und einen Turban.
Nun konnte Passepartout endlich etwas essen.
In einer kleinen Gaststätte bekam er Reis mit Hähnchenfleisch.

Danach lief er wieder durch die Stadt. Da entdeckte er einen Clown [Klaun], der ein großes Plakat trug. Es zeigte Akrobaten, die lange Stangen auf ihren Nasen hatten. Auf diesen Stangen standen wieder Akrobaten. Sie alle zusammen bildeten eine Pyramide aus Menschen. Passepartout las:

Da hatte Passepartout eine Idee. Er wollte für diesen Zirkus arbeiten, um so nach Amerika zu fahren. Wenn er erst einmal dort war, konnte er nach Fogg und Aouda suchen und die beiden hoffentlich auch finden.

Kapitel 7

Passepartout folgte dem Clown durch die Straßen. Schließlich verschwand der Clown in einem großen, bunt bemalten Gebäude. Passepartout ging hinein und stand kurz darauf vor dem Zirkus-Direktor. Der Direktor konnte zwar keinen Diener gebrauchen, aber ihm fehlte gerade ein starker Mann für die Pyramide der langen Nasen. Einer der Akrobaten hatte den Zirkus verlassen. Passepartout bekam die Aufgabe, die Pyramide in der untersten Reihe mitzutragen. Die Vorstellung war ausverkauft. Ihr Höhepunkt sollte die menschliche Pyramide sein. Passepartout machte seine Sache gut. Doch dann entdeckte er im Publikum plötzlich Fogg und Aouda – denn die beiden waren inzwischen auch in Yokohama eingetroffen. Vor der Weiterfahrt nach San Francisco wollten sie sich die Zirkus-Vorstellung ansehen. Mit einem Freudenschrei verließ Passepartout seinen Platz in der wackeligen Pyramide und lief zu Fogg und Aouda. Die Pyramide brach zusammen und das Publikum lachte laut. Phileas Fogg erkannte seinen Diener nicht sofort, weil Passepartout ein Kostüm trug. Aber dann gab es ein frohes Wiedersehen. Passepartout war erleichtert. Wenig später fuhren Fogg, Aouda und Passepartout zum Hafen und stiegen auf das Dampfschiff nach San Francisco. Fogg schrieb zufrieden in sein Reise-Tagebuch: „Abfahrt in Yokohama pünktlich am 14. November. Geplante Ankunft in San Francisco: 3. Dezember.“

Fortsetzung folgt

1. Passepartout reist allein weiter. Wie kommt das?
   a) Die Zusammenfassung ist durcheinandergeraten. Nummeriere die Sätze in der richtigen Reihenfolge.

Passepartout fährt allein nach Japan

[ ] Dort schläft er wieder ein, denn vom Opium ist ihm immer noch schwindelig.

[ ] Am 13. November kommt er allein in Yokohama an.

[1] Passepartout schläft für eine Weile in der Gaststätte in Hongkong.

[ ] Dann wacht er auf, läuft zum Hafen und steigt auf das Dampfschiff *Carnatic*.

[ ] Er findet sie nicht und sie stehen auch nicht auf der Liste der Fahrgäste.

[4] Als er aufwacht, sucht er nach Phileas Fogg und Aouda.

   b) Schreibe die Zusammenfassung richtig in dein Heft. Denke an die Überschrift.

2. Passepartout macht sich Sorgen. Was denkt er? Ergänze. Tipp: Lies noch einmal Seite 59.

Ich bin schuld, dass Mister Fogg

__________________________ verliert. Und was

soll ich __________________________ machen?

Ich habe __________________________.

3. Im Text kommen einige schwierige Wörter vor.
   a) Was ist eine **Rikscha**, ein **Turban** und ein **Akrobat**? Verbinde richtig.
      Tipp: Ein Wörterbuch kann helfen.

eine Rikscha
ein Turban
ein Akrobat

jemand, der sehr gut turnen kann und sportliche Tricks zeigt
eine Sitzbank auf Rädern, mit der Personen transportiert werden
ein langes Stück Stoff, das um den Kopf gewickelt wird

   b) Was ist eine **Pyramide**? Informiere dich im Internet oder schlage in einem Wörterbuch nach.
      Zeichne dann eine Pyramide in den Rahmen.

4. **Passepartout hat Hunger, aber er hat kein Geld.**
   Was tut er? Streiche die falschen Sätze durch.
   Tipp: Lies noch einmal Seite 59.

Er geht in eine Gaststätte und bittet um Essen.
Er läuft die ganze Nacht durch Yokohama.
Er verkauft seine Schuhe an einen Händler und bekommt dafür viel Geld und eine alte Hose.
Er verkauft seine Jacke an einen Händler und bekommt dafür Geld, einen alten Mantel und einen Turban.
Er isst Reis mit Hähnchenfleisch in einer Gaststätte.
Er isst in einer Gaststätte Nudeln mit Gemüse.

5. **Passepartout sieht einen Clown mit einem Plakat.**
   a) **Was steht auf dem Plakat? Ergänze die Sätze.**

eine Vorstellung – nach Amerika – für einen Zirkus

Das Plakat macht Werbung ______________________

______________________. Um 15 Uhr soll

______________________ stattfinden.

Danach will der Zirkus ______________________ reisen.

   b) **Welche Idee hat Passepartout? Schreibe es auf.**
   Tipp: Lies noch einmal Seite 60.

Passepartout will ______________________

____

______________________.

6. Passepartout findet den Zirkus-Direktor.
Was passiert dann? Schreibe die Überschrift in dein Heft. Schreibe dann die Fragen darunter und beantworte sie in vollständigen Sätzen.
Tipp: Lies noch einmal Seite 61.

Passepartout im Zirkus
- Wer fehlt dem Zirkus-Direktor?
- Welche Aufgabe bekommt Passepartout?
- Was ist der Höhepunkt der Zirkus-Vorstellung?
- Wen entdeckt Passepartout im Publikum?
- Was tut Passepartout dann?
- Was passiert dadurch?

7. Die Reisenden sind wieder zusammen und fahren weiter. Wohin? Kreuze an.

☐ nach New York ☐ nach San Francisco

8. Passepartout ist auf einem anderen Weg als Fogg von Hongkong nach Yokohama gereist.
a) Sprecht darüber:
- Wie ist Passepartout gereist?
- Wie ist Fogg gereist?

b) Verbindet die passenden Wörter und Wortgruppen.

Postschiff

nach Yokohama

Passepartout

Fogg

Dampfschiff *Carnatic*

nach Schanghai

Dampfschiff nach Yokohama

Kapitel 8: Eine Zugfahrt mit Hindernissen

Audio

Inspektor Fix war überrascht, als er sah, dass Fogg und Aouda zusammen mit Passepartout auf das Schiff nach San Francisco kamen.
Zuerst versteckte sich Fix vor Passepartout. Doch dann bat er ihn um ein Gespräch. Fix versprach, dass er Foggs Reise ab sofort nicht mehr behindern würde.
Fix dachte: Wenn Fogg wirklich zurück nach England fährt, kann ich ihn dort ja viel einfacher verhaften.

Fix und Passepartout schlossen also vorübergehend Frieden. Passepartout wollte seinem Herrn aber lieber nicht verraten, was Fix in Hongkong getan hatte.

Die Seereise nach Amerika verlief ruhig. Das Schiff kam wie geplant am 3. Dezember um 7 Uhr morgens in San Francisco an. Sie hatten nun einige Stunden Zeit, denn der nächste Zug nach New York fuhr erst um 18 Uhr. Sie gingen in ein Hotel und frühstückten.

Danach holte sich Fogg einen Einreise-Stempel.

Passepartout hatte gehört, dass die Züge in Amerika oft überfallen wurden. Deshalb wollte er aus Vorsicht ein paar Revolver kaufen. Er bat seinen Herrn um das nötige Geld und machte sich auf den Weg.

Fogg hingegen ging mit Aouda spazieren.

Es dauerte nicht lange, da begegneten sie wie durch Zufall Fix. Fix tat erstaunt und fragte höflich, ob er sie begleiten durfte. Also schauten sie sich nun zu dritt San Francisco an.

Doch plötzlich gerieten sie zwischen zwei Gruppen von Menschen, die laut miteinander stritten.

Aus dem Streit wurde schnell eine heftige Prügelei.

Fogg und Fix versuchten, Aouda zu schützen. Da hob ein großer, rothaariger Mann ohne Grund die Faust und wollte Fogg schlagen. Fix wehrte den Schlag ab.

„Unverschämter Amerikaner!“, rief Fogg empört.

„Feiger Engländer! Wer sind Sie überhaupt?“, schrie der Rothaarige zurück. Er hatte an Foggs Aussprache erkannt, dass Fogg ein Engländer war.

„Mein Name ist Phileas Fogg. Und wie heißen Sie?“

„Stamp Proctor [Stämp Prokter]“, rief der Mann.

Im nächsten Augenblick drängte die Menschenmenge die Männer auseinander. Endlich schafften es Fogg, Aouda und Fix, dem Durcheinander zu entkommen.

„Nach der Weltreise komme ich hierher zurück“, sagte Fogg zu Aouda und Fix. „Dann fordere ich eine Entschuldigung von diesem Mann. Ich lasse es mir nicht gefallen, dass er mich beleidigt hat. Aber jetzt sollten wir erst einmal zum Hotel fahren und uns ausruhen, bevor wir weiterreisen.“

Als sie im Hotel ankamen, war Passepartout schon dort. Er sah Fix misstrauisch an, bis Aouda ihm von der Prügelei erzählte. Da erkannte er, dass Fix sein Versprechen hielt und Fogg sogar half.

Fogg, Aouda und Passepartout erreichten pünktlich den Zug von San Francisco nach New York. Fix war auch dabei, denn er wollte natürlich weiter zusammen mit ihnen reisen. Nach dem Abendessen im Zug-Restaurant begann es draußen zu schneien. Die Reisenden gingen früh schlafen. Ihre Sitzbänke ließen sich umklappen und schnell zu bequemen Betten machen. Am nächsten Tag fuhren sie gerade über eine große Ebene, auf der viel Schnee lag. Plötzlich hielt der Zug. Eine riesige Herde von Büffeln stand auf den Gleisen. Der Lokführer musste warten. Wenn er jetzt weiterfuhr, konnte der Zug aus den Gleisen springen und zur Seite kippen. Erst nach drei Stunden lief der letzte Büffel davon und die Fahrt ging weiter.

Ein paar Tage später gab es wieder ein Hindernis. Fogg, Aouda und Fix spielten gerade Karten, als der Zug mit einem lauten Pfiff stehen blieb. Passepartout sah nach, was los war. Der Lokführer, der Zugführer und einige Reisende waren ausgestiegen und standen neben den Gleisen. „Wir können nicht weiterfahren, weil ein Sturm die Brücke beschädigt hat“, erklärte der Zugführer. Die Leute diskutierten, was man tun konnte.

Unter ihnen war auch Stamp Proctor. Das wusste Passepartout aber nicht, denn Aouda hatte ihm in San Francisco nicht erzählt, wie Proctor aussah. Der Lokführer schlug vor: „Wenn wir mit höchster Geschwindigkeit über die Brücke fahren, können wir es schaffen!“ Diese Idee begeisterte die Amerikaner und gefiel ganz besonders Stamp Proctor. Passepartout fand das zu gefährlich. Er wollte etwas anderes vorschlagen, aber man hörte ihm nicht zu. Also ging er zurück zu Fogg, Aouda und Fix und hoffte, dass alles gut ging. Die Fahrgäste saßen gespannt auf ihren Plätzen. Niemand sagte ein Wort. Dann fuhr der Lokführer vorwärts, immer schneller. Der Dampf zischte, die Räder ratterten laut. Schon flog der Zug wie ein Pfeil über die Brücke. Im nächsten Moment brach die Brücke krachend hinter dem Zug zusammen. Sie hatten es ganz knapp geschafft! Die Reisenden atmeten auf und jubelten. Passepartout dachte: Es sind noch vier Tage bis nach New York. Ab jetzt wird die Reise bestimmt ruhiger. Doch er täuschte sich.

Am nächsten Tag spielten Fogg, Aouda und Fix wieder Karten. Da stand auf einmal Stamp Proctor vor ihnen. „Sie sind doch dieser blöde Engländer aus San Francisco!“, rief er laut.

Fogg legte seine Karten hin und stand auf. Er sah Proctor in die Augen und sagte ganz ruhig: „Mein Herr, gerade passt es nicht in meine Pläne, dass ich mich mit Ihnen beschäftige. Meine Reise darf sich nicht verzögern. Aber in einem halben Jahr kann ich zurückkommen und mich um die Sache kümmern."

„Keine Ausreden!", brüllte Proctor. „Ich fordere Sie zum Duell heraus!"

Fortsetzung folgt

1. Auf dem Schiff nach San Francisco redet Fix mit Passepartout.
   a) Was sagt Fix? Ergänze.

Ich werde Foggs Reise ab sofort

______________________________________.

   b) Was denkt Fix? Zeichne den Rand der richtigen Denkblase nach.

Wenn Fogg freiwillig zurück nach England fährt, dann kann er nicht der Dieb sein. Ich habe mich geirrt.

Wenn Fogg wirklich zurück nach England fährt, kann ich ihn dort ja viel einfacher verhaften.

2. Das Schiff von Yokohama nach San Francisco ist pünktlich. Wann kommen die Reisenden an? Ergänze den Satz.

Die Reisenden sind am ______________________________

______________________________ in San Francisco.

3. Ein **Revolver** ist eine Schusswaffe. Warum will Passepartout ein paar Revolver kaufen? Kreuze an.
Tipp: Lies noch einmal Seite 68.

- ☐ Er will Fix damit Angst machen.
- ☐ Er hat Angst vor einem Überfall.

4. Fogg, Aouda und Fix sehen sich San Francisco an. Sind die Sätze richtig oder falsch? Kreuze an.

	richtig	falsch
Sie geraten in eine Prügelei.	☐	☐
Fogg schlägt einen Amerikaner.	☐	☐
Ein Amerikaner will Fogg schlagen.	☐	☐
Fogg und der Amerikaner beschimpfen sich.	☐	☐
Der Amerikaner entschuldigt sich.	☐	☐
Fogg will nach der Weltreise zurückkommen und von dem Mann eine Entschuldigung fordern.	☐	☐
Der Mann heißt Stamp Proctor.	☐	☐

5. Am Abend gehen die Reisenden zum Bahnhof. In welchen Zug steigen sie? Markiere.

Sie steigen in den Zug nach Berlin.
Sie steigen in den Zug nach New York.

6. Mitten auf der Fahrt muss der Zug anhalten. Welches Hindernis steht auf den Gleisen? Schreibe einen vollständigen Satz auf. Tipp: Sieh dir noch einmal das Bild auf Seite 67 an.

Eine ______________________________

______________________________.

7. Die Zugfahrt bleibt gefährlich. Warum? Ergänze die Sätze.

mit höchster Geschwindigkeit – mit dem Zug – hinter dem Zug – der Lokführer – wie ein Pfeil

Ein Sturm hat die Brücke beschädigt. Es ist

gefährlich, ______________ darüber zu fahren.

Trotzdem will ______________ es versuchen.

Er fährt ______________.

Der Zug fliegt ______________

über die Brücke. Aber gleich ______________

bricht die Brücke zusammen.

8. Stamp Proctor ist auch im Zug. Warum erkennt Passepartout ihn nicht? Ergänze den Satz. Tipp: Lies noch einmal Seite 70.

Passepartout weiß von der Prügelei, aber er weiß nicht,

______________________________.

9. Stamp Proctor fordert Fogg zum Duell heraus.

a) Was ist ein Duell? Lies den Sachtext oder höre ihn dir an.

Audio

Duell

Ein Duell ist ein **Kampf mit strengen Regeln.** Früher forderte ein **Mann einen anderen Mann** zum Duell heraus, wenn er sich **beleidigt fühlte.** Das Duell sollte sein **Ansehen** oder seine **Ehre wiederherstellen**. Die beiden Männer wurden **Duellanten** genannt. Sie wählten die **gleiche Waffe,** zum Beispiel eine Schusswaffe. Dann stellten sie sich **Rücken an Rücken** auf. Ein Gehilfe gab ein **Zeichen** und die Duellanten **gingen** langsam **voneinander weg**. Nach einer bestimmten Anzahl von Schritten **drehten** sie **sich um** und **schossen.** Die beiden Duellanten gingen die **Gefahr** ein, sich zu **verletzen** oder sogar zu **sterben.** Heute sind Duelle **schon lange verboten.**

b) Was habt ihr im Sachtext erfahren? Sprecht über die folgenden Fragen:

- Was ist ein Duell?
- Was war der Grund für ein Duell?
- Wie lief ein Duell ab?
- Welche Folgen konnte ein Duell haben?

c) Was meint ihr: Nimmt Fogg die Herausforderung zum Duell an? Sprecht darüber. Begründet eure Meinung.

Kapitel 9: Der Überfall

Audio

Das Duell sollte während der Zugfahrt stattfinden. Fogg und Proctor bewaffneten sich und gingen in den letzten, leeren Wagen. Sie stellten sich auf. Wenn der Zug das nächste Mal pfiff, wollten sie aufeinander schießen. Wer überlebte, war der Sieger. So standen sie da, hielten die Revolver in den Händen und warteten. Doch plötzlich hörten sie lautes Geschrei. Schüsse knallten. Dabei hatten sie gar nicht gefeuert. Was war los?

Die beiden Männer liefen ans Fenster. Eine Gruppe von Indianern auf Pferden war zu sehen. Sie schossen mit Gewehren auf den Zug. Allerdings hatten viele Reisende Revolver und schossen zurück. Fogg machte sich schnell auf den Weg zu Aouda.

„Ein Überfall!“, schrie jemand. Aber der Zug fuhr gerade durch ein Indianer-Reservat. Die Menschen dort wollten den Zug nicht auf ihrem Land haben und versuchten, ihn anzuhalten. Geschickt ritten sie auf ihren Pferden ganz nah heran. Schon waren einige von ihnen neben der Lokomotive. Der Häuptling und drei von seinen Männern sprangen auf die Lok. Sie kämpften mit dem Heizer und dem Lokführer. Der Häuptling versuchte, den Zug zu stoppen, aber er zog am falschen Hebel. Dadurch wurde der Zug immer schneller. „Wir müssen den Zug anhalten!“, rief der Zugführer, der verletzt am Boden lag. Niemand wusste, wie das gehen sollte. Doch da hatte Passepartout eine Idee. Er kletterte auf das Dach des Zuges. Dann lief er oben von Wagen zu Wagen bis ganz nach vorne zur Lok. Dort stieg er vorsichtig herunter und löste die Verbindung zwischen der Lok und den Wagen. Die Lok sauste weiter, aber der Rest vom Zug wurde immer langsamer. Schließlich blieben die Wagen an einem kleinen Bahnhof ganz in der Nähe von einer Festung stehen. Die Soldaten aus der Festung hörten die Schüsse und kamen den Reisenden zu Hilfe. Als die Indianer das sahen, ritten sie schnell davon. Nun stiegen die Menschen aus dem Zug.

Es gab einige Verletzte, die versorgt werden mussten. Unter ihnen war auch Stamp Proctor. Natürlich waren alle glücklich über ihre Rettung. Doch wo war der Retter? Wo war der Held, der die Lok von den Wagen getrennt hatte? Passepartout und zwei weitere Fahrgäste fehlten. Niemand wusste, ob sie noch lebten und ob die Angreifer sie gefangen genommen hatten. Fogg wollte nach den drei Vermissten suchen. Er bat den Hauptmann von der Festung um Hilfe. „Es ist zu gefährlich, die Indianer zu verfolgen“, sagte der Hauptmann. „Außerdem müssen meine Soldaten die Festung bewachen.“ Phileas Fogg stand einen Augenblick lang nur da. Wenn es jetzt eine Verspätung gab, verlor er die Wette und sein ganzes Geld. Aber Fogg wollte Passepartout nicht einfach zurücklassen. Entschlossen sagte er: „Wir verdanken Passepartout unser Leben. Ich gehe allein und suche ihn und die anderen.“ Der Hauptmann war beeindruckt von so viel Mut. Er erlaubte 30 von seinen Soldaten, Fogg freiwillig zu helfen. Auch Fix wollte mitgehen, aber Fogg bat ihn, bei Aouda zu bleiben. Das passte Fix nicht. Er dachte: Ich verfolge diesen Mann schon so lange. Und jetzt soll ich ihn gehen lassen? Wenn Fogg jetzt verschwindet, war alles umsonst. Trotzdem versprach Fix, sich um Aouda zu kümmern. Aouda drückte Fogg zum Abschied die Hand.

Es war bitterkalt und schneite wieder. Fix und Aouda saßen inzwischen im Bahnhof und warteten.

Einige Stunden später kam auf einmal die Lok mit dem Lokführer und dem Heizer zurück. Die beiden hatten die Lok nach 20 Meilen endlich gestoppt und waren dann rückwärts gefahren. Passepartout war allerdings nicht bei ihnen. Die Lok wurde wieder mit den Wagen verbunden und die Fahrgäste stiegen ein. Sie waren froh, dass sie endlich weiterreisen konnten. Der Zugführer erklärte Fix, dass er nicht auf die drei Vermissten und den Suchtrupp warten konnte. Aouda wollte ohne Fogg nicht einsteigen und Fix blieb bei ihr. Also fuhr der Zug ohne sie ab. Die beiden warteten die ganze lange Nacht. Aouda war voller Sorge und lief hin und her. Fix musste ständig daran denken, dass er Fogg nicht verhaften konnte, wenn der nicht zurückkam. Und der Hauptmann in der Festung war unruhig, weil seine Soldaten nicht wiederkamen. Früh am Morgen kehrte der Suchtrupp endlich zurück. Und Fogg und die Soldaten brachten Passepartout und die anderen beiden Fahrgäste mit. Sie waren befreit und unverletzt! Am Bahnhof und in der Festung jubelten alle. Aber Passepartout war verzweifelt, denn sein Herr hatte inzwischen 20 Stunden Verspätung. Da blieb Inspektor Fix vor Fogg stehen und sagte: „Wenn wir rechtzeitig in New York sein wollen, müssen wir jetzt weiter. Der nächste Zug fährt erst heute Abend, aber dort drüben kann man einen Schlitten mieten.“

Fortsetzung folgt

1. **Fogg und Proctor treffen sich zum Duell. Wie findest du das? Kreuze an. Du kannst auch eine eigene Antwort aufschreiben.**

- ☐ Ich finde ein Duell nicht richtig. Ein Streit darf nicht mit Verletzung oder Tod enden.
- ☐ Damals waren Duelle üblich, also ist es richtig, dass die beiden aufeinander schießen wollen.
- ☐ Duelle waren damals üblich, aber trotzdem ist ein Duell keine gute Lösung für einen Streit.
- ☐ Ich finde es spannend, dass Fogg und Proctor ein Duell austragen wollen.
- ☐ Ein Duell ist ungerecht, denn es kommt nur darauf an, wer schneller und besser schießt.

____

____

____

____

____

____

____

2. **Fogg und Proctor wollen aufeinander schießen. Wann soll das Duell beginnen? Ergänze den Satz.**

Fogg und Proctor wollen schießen, wenn der Zug

das nächste Mal ______________________ .

anhält / pfeift / rattert

3. Plötzlich sind Schreie und Schüsse zu hören. Was passiert? Markiere die richtigen Sätze.

Fogg und Proctor schießen aufeinander.

Die Menschen im Zug schießen auf Angreifer.

Passepartout schießt in die Luft, um den Revolver auszuprobieren.

Angreifer schießen mit Gewehren auf den Zug.

4. Der Zug fährt durch ein „Indianer-Reservat“.

a) Was bedeutet das? Lies den Sachtext oder höre ihn dir an. Audio

b) Markiere wichtige Informationen.

Indigene Völker

In Amerika lebten schon lange Menschen, als Reisende aus Europa nach Amerika kamen und diese Menschen „Indianer“ nannten. Diese Bezeichnung wird heute nicht mehr verwendet, denn es gibt viele verschiedene Bevölkerungsgruppen. Heute spricht man von „indigenen Völkern“ oder „Erstbewohnern von Amerika“. Ab dem Jahr 1600 kamen immer mehr Menschen aus Europa nach Amerika. Diese Einwanderer vertrieben die indigenen Völker und bauten Dörfer und Städte. Viele indigene Völker wehrten sich dagegen, aber sie verloren den Kampf. Die Einwanderer zwangen sie, nur noch in bestimmten kleinen Gebieten zu leben. Diese Gebiete werden „Reservate“ genannt.

5. **Die Angreifer kämpfen mit dem Lokführer und dem Heizer. Was ist ein Heizer? Ergänze die Sätze.**

schaufeln – ein Feuer

Der Heizer sorgt dafür, dass die Dampfmaschine in einer Lokomotive läuft. Die Dampfmaschine hat einen Kessel, in dem ______________________ brennt. Der Heizer muss während der Fahrt ständig Kohle oder Holz in den Kessel ______________________.

6. **Der Zug wird immer schneller. Was passiert dann? Sieh dir die Bilder an und ergänze die Sätze.**

von einer Festung – von den Wagen – saust weiter

Passepartout löst die Lok

______________________________.

Die Lok ______________________

______________________________.

Die Wagen bleiben in der Nähe

____

stehen.

7. Der Zug bleibt stehen. Was passiert danach?
   a) Die Zusammenfassung ist durcheinandergeraten. Nummeriere die Sätze in der richtigen Reihenfolge. Tipp: Lies noch einmal die Seiten 77 bis 79.

Die Suche

[ ] Am nächsten Morgen bringen Fogg und die Soldaten die Vermissten zurück.

[1] Als Soldaten aus der Festung kommen, reiten die Angreifer schnell davon.

[5] Aouda und Fix steigen nicht ein, sondern warten die ganze Nacht lang im Bahnhof.

[ ] Fogg und 30 Soldaten gehen auf die Suche nach Passepartout und den beiden anderen.

[ ] Alle sind glücklich, aber Passepartout und zwei andere Fahrgäste werden vermisst.

[ ] Nach ein paar Stunden kommt die Lok zurück in den Bahnhof und der Zug fährt danach weiter.

   b) Schreibe die Zusammenfassung richtig in dein Heft. Denke an die Überschrift.

8. Fogg hat 20 Stunden Verspätung und es schneit. Was sagt Fix zu ihm? Ergänze den Satz. Tipp: Lies noch einmal Seite 79.

„Der nächste Zug fährt erst heute Abend, aber dort

drüben kann man ______________________ mieten."

Kapitel 10: Mit dem Eis-Segler über den Schnee

Audio

Es war eine gute Idee, mit einem Schlitten zu fahren, denn schließlich lagen Eis und Schnee auf der Landschaft. Also redete Fogg mit dem Mann, dem der Schlitten gehörte. Fogg erzählte, dass er schnell nach New York musste. Dann ließ er sich den Schlitten zeigen, der etwas Besonderes war. Er war so groß, dass fünf bis sechs Leute darauf sitzen konnten. Unten hatte er zwei Kufen, sodass er über Eis und Schnee fahren konnte. Aber er hatte auch einen Mast, zwei Segel und ein Ruder, genau wie ein Segelboot.

Wenn Wind wehte, konnte man mit diesem Eis-Segler über den Schnee gleiten. Der Besitzer sagte: „Ich kann den Eis-Segler für Sie lenken. Gerade ist der Wind sehr günstig. Wir können in fünf Stunden in der nächsten Stadt sein. Von dort fahren oft Züge nach New York.“ Um 8 Uhr setzten sich Fogg, Aouda, Passepartout und Fix auf den Eis-Segler. Sie wickelten sich in Decken und rückten eng zusammen, denn es war eiskalt. Schon blies der Wind in die Segel und der Schlitten fuhr schnell über den Schnee. Unterwegs gab es keine Dörfer, keine Menschen. Manchmal flogen ein paar Vögel am Himmel. Einmal liefen hungrige Wölfe ein Stück hinter dem Schlitten her. Um 13 Uhr erreichten die Reisenden wie geplant den Bahnhof. Ein Zug nach New York stand schon bereit. Fogg bezahlte die Fahrt mit dem Eis-Segler und in letzter Minute stiegen sie in den Zug.

Die Fahrt dauerte mehr als zwei Tage. Der Zug hielt am 11. Dezember abends um 23:15 Uhr am Hafen von New York. Doch was für eine Enttäuschung – das Dampfschiff nach Liverpool in England war vor 45 Minuten abgefahren! Und andere Schiffe gab es in dieser Nacht nicht mehr. Fogg, Aouda, Passepartout und Fix übernachteten in einem Hotel. Am nächsten Morgen ging Fogg schon früh zum Hafen. Dort wurde ein Dampfschiff zur Abfahrt fertig gemacht. Es hieß *Henrietta*. Das Schiff war unten aus Eisen, oben aus Holz und sah aus, als könnte es sehr schnell fahren.

Fogg fand den Kapitän und fragte ihn: „Fahren Sie vielleicht nach England, mein Herr?“

„Nein, wir fahren nach Frankreich“, sagte der Mann.

„Ich muss dringend nach Liverpool“, sagte Fogg. „Ich gebe Ihnen viel Geld, wenn Sie mich und drei weitere Fahrgäste dorthin bringen.“

„Nein“, brummte der Kapitän unfreundlich. „Ich fahre nach Frankreich und fertig. Ihr Geld interessiert mich nicht. Die *Henrietta* ist mein Schiff. Und ich nehme auch keine Fahrgäste mit.“

Da sagte Fogg: „Na gut, ich biete Ihnen umgerechnet 2000 Dollar für jede Person, wenn Sie mich und die drei anderen nach Frankreich mitnehmen.“

Damit war der Kapitän dann doch einverstanden. Kurz darauf stiegen Fogg, Aouda, Passepartout und Fix auf die *Henrietta*.

Schon am nächsten Tag übernahm Phileas Fogg die Führung auf dem Schiff. Er gab den Matrosen nämlich viel Geld, damit sie nach Liverpool statt nach Frankreich fuhren, und sperrte den Kapitän in seinem Zimmer ein.

Sie reisten nun tagelang sehr schnell, um es bis zum 21. Dezember nach Liverpool zu schaffen. Aber dadurch verbrauchten die Maschinen viel Kohle.

Am 18. Dezember war die Kohle aufgebraucht. Fogg ließ den Kapitän frei und sagte zu ihm: „Ich möchte Ihr Schiff kaufen, damit ich es verbrennen kann.“

„Sind Sie verrückt?“, schrie der Kapitän, aber Fogg sprach ruhig weiter: „Wir brauchen das Holz als Brennstoff. Wir haben keine Kohle mehr.“

Fogg bot dem Kapitän sehr viel Geld für das Schiff.

Der Kapitän gab nach, denn wie sollte das Schiff auch sonst weiterfahren? Sie waren mitten auf dem Meer und es gab keine Kohle. Also rissen die Matrosen die Holzbretter aus dem Boden, zerhackten sie und warfen sie in den Heizkessel, damit die Dampfmaschinen weiterliefen. Fast alles, was aus Holz war, kam in den Kessel. So erreichte das Schiff am 21. Dezember um 11:40 Uhr den Hafen von Liverpool. Die Reisenden gingen an Land. Doch da legte Fix plötzlich seine Hand auf Foggs Schulter und sagte: „Phileas Fogg, Sie sind verhaftet.“

Fogg saß im Gefängnis und blickte auf seine Uhr. Er dachte: Heute um 20:45 Uhr muss ich in London im Club sein, sonst ist die Wette verloren. Passepartout und Aouda standen vor dem Gefängnis. Passepartout war furchtbar wütend auf Fix. Aouda war verzweifelt, weil sie nicht helfen konnte. Sie sagte den Wärtern im Gefängnis, dass Fogg ein ehrlicher Mann war. Aber das nutzte nichts. Doch um 14:30 Uhr kam Inspektor Fix und öffnete die Gefängnistür. Fix zitterte und war sehr blass. „Ich muss Sie um Entschuldigung bitten“, sagte er zu Fogg. „Sie sind unschuldig. Vor drei Tagen hat man den Dieb verhaftet, der das Geld aus der Bank von England gestohlen hat. Ich habe mich die ganze Zeit getäuscht. Sie sind wieder frei.“

Fortsetzung folgt

1. Fogg lässt sich den Eis-Segler zeigen.
   Wie sieht das Fahrzeug aus? Beschrifte es.
   Tipp: Lies noch einmal Seite 84.

die Kufen – die Segel – das Ruder – der Mast

2. Wie geht die Reise für Fogg, Aouda, Fix und Passepartout weiter? Markiere den richtigen Satz.
   Tipp: Lies noch einmal Seite 85.

Fogg und die anderen fahren mit dem Eis-Segler zum Hafen und nehmen das Schiff nach New York.

Fogg und die anderen fahren mit dem Eis-Segler zum Bahnhof und nehmen den Zug nach New York.

3. In New York verpassen Fogg und die anderen das Dampfschiff nach England. Was passiert danach? Verbinde die passenden Satzteile.
Tipp: Lies noch einmal die Seiten 85 und 86.

Am nächsten Morgen findet Fogg	nach Frankreich fahren.
Der Kapitän will aber	doch Fahrgäste mitzunehmen.
Der Kapitän sagt auch, dass er	im Hafen ein anderes Schiff.
Fogg überredet den Kapitän,	sperrt Fogg den Kapitän ein.
Nach einem Tag auf dem Schiff	bis die Kohle aufgebraucht ist.
Fogg hat von da an die Führung	keine Fahrgäste mitnimmt.
Er gibt den Matrosen viel Geld,	und gibt die Befehle.
Das Schiff fährt sehr schnell,	damit sie nach England fahren.

4. **Das Dampfschiff *Henrietta* kann ohne Kohle nicht weiterfahren. Wie löst Fogg das Problem? Ergänze die Sätze.**

Als Erstes lässt Fogg den Kapitän frei. Fogg redet

mit dem Kapitän und ______________ das Schiff.
verlässt / kauft

Die Matrosen reißen ______________
die Kohlen / die Holzbretter

aus dem Boden und zerhacken sie. Danach werfen sie

die Teile ______________ .
in den Heizkessel / in den Backofen

So laufen ______________ weiter und
die Segel / die Dampfmaschinen

das Dampfschiff erreicht am 21. Dezember England.

5. **Die Reisenden kommen in Liverpool an. Wie geht die Geschichte hier weiter? Male das richtige Bild farbig aus.**

6. Phileas Fogg ist wieder in England, also hat Inspektor Fix ihn verhaftet. Was denken Fogg, Aouda und Passepartout jetzt? Schreibe auf.
Tipp: Lies noch einmal Seite 87.

7. Fogg darf das Gefängnis um 14:30 Uhr verlassen. Warum? Streiche den falschen Satz durch.

Passepartout gesteht den Diebstahl bei der Bank.
Die Polizei hat den Dieb vor drei Tagen verhaftet.
Inspektor Fix weiß nun, das Fogg unschuldig ist.

Kapitel 11: Ein Rechenfehler und ein glückliches Ende

Audio

Phileas Fogg durfte nun keine Zeit mehr verlieren. Er war jetzt genau 80 Tage unterwegs. Am Abend musste er pünktlich um 20:45 Uhr in London sein, um die Wette zu gewinnen. Zusammen mit Aouda und Passepartout lief Fogg zum Bahnhof von Liverpool. Aber der Zug nach London war schon abgefahren.

Fogg bestellte einen Extra-Zug. Dieser Zug fuhr so schnell wie möglich und kam doch fünf Minuten zu spät in London an. Um 20:50 Uhr erreichten sie den Bahnhof. Die Wette war verloren! Phileas Fogg war in genau 80 Tagen und fünf Minuten um die Welt gereist. Aouda und Passepartout sahen Fogg verzweifelt an.

Fogg wirkte noch ruhiger als sonst und ließ sich nichts anmerken. Aber er dachte: Jetzt bin ich arm, denn ich habe auf der Reise fast mein ganzes Geld ausgegeben. Ich habe auf der Bank zwar noch 20000 Pfund, doch die muss ich den Herren aus dem Club zahlen, weil ich die Wette verloren habe. Danach besitze ich nichts mehr. Fogg fuhr mit Aouda und Passepartout nach Hause. Er sagte, dass Passepartout ein schönes Zimmer für Aouda fertig machen sollte. Dann ging Fogg in sein Arbeitszimmer und schloss die Tür ab.

Am nächsten Tag bat Fogg Aouda um ein Gespräch. „Bitte verzeihen Sie mir, Aouda“, sagte er. „Verzeihen Sie, dass ich Sie nach London gebracht habe. Ich wollte, dass Sie in Sicherheit sind. Ich wollte Ihnen so viel Geld geben, wie Sie brauchen, damit Sie frei leben können. Aber ich habe die Wette verloren und bin nun ein armer Mann.“ „Mister Fogg!“, rief Aouda und stand auf. „Ohne Sie wäre ich tot! Sie haben mir das Leben gerettet. Und ich möchte gerne bei Ihnen bleiben, als Ihre Frau. Mir ist egal, dass Sie arm sind.“ Sie streckte ihm ihre Hand entgegen. Phileas Fogg stand auch auf. Seine Augen strahlten vor Glück. Er nahm Aoudas Hand und flüsterte: „Ich liebe dich, Aouda. Ja, es ist wahr – ich liebe dich.“ Aouda drückte seine Hand und sagte nur: „Ah!“ Da kam Passepartout herein. Er wusste sofort, was geschehen war, und lächelte froh. Fogg rief: „Passepartout, lauf schnell zur Kirche und sag, dass Aouda und ich heiraten wollen.

Morgen, am Montag, soll die Hochzeit sein."
Passepartout lief los. Aber schon kurz darauf kam er zurück und sagte völlig außer Atem: „Morgen … Hochzeit … nicht möglich!"
„Warum nicht?", fragte Fogg überrascht.
„Weil morgen Sonntag ist!", schnaufte Passepartout. „Sie haben sich verrechnet! Wir sind einen Tag früher angekommen! Die Wette ist noch nicht verloren! Sie haben noch zehn Minuten bis 20:45 Uhr!"
Passepartout, Fogg und Aouda liefen aus dem Haus, sprangen in die nächste Kutsche und fuhren zum Club. Dort waren schon die Bekannten von Fogg versammelt und warteten gespannt. Sie sahen immer wieder auf die Uhr an der Wand.
„Ha! Wir gewinnen die Wette!", rief ein Herr.
„Fogg hat noch fünf Minuten", sagte ein zweiter.
„Er schafft es bestimmt nicht", meinte ein dritter.
„Sie wissen doch, dass er immer pünktlich kommt und keine Minute zu früh", sagte der zweite Herr.
Da war nur noch eine Minute übrig. Es wurde still im Club. Plötzlich hörte man draußen Jubel. Die Tür ging auf. Phileas Fogg war da – genau um 20:45 Uhr. Fogg blickte die Herren an und sagte ganz ruhig: „Guten Abend. Hier bin ich. Wir haben uns lange nicht gesehen."

Fogg hatte die Wette gewonnen. Aber wie konnte er sich so verrechnen? Für die Menschen in London waren bei Foggs Ankunft mit dem Zug nur 79 Tage vergangen statt 80. Erst heute, einen Tag später, war für sie der 80. Tag der Reise. Wie konnte das sein?

Phileas Fogg hatte nicht an die Zeitverschiebung gedacht! Als Fogg losfuhr, reiste er nach Osten. Er fuhr also der Sonne entgegen, die jeden Morgen im Osten aufgeht und dann nach Westen wandert, wo sie schließlich jeden Abend untergeht. Fogg fuhr immer weiter nach Osten, also begann für ihn jeder Tag etwas früher als in London, weil die Sonne auf jeder Station seiner Reise immer etwas früher aufging als in London. Im Osten ist schon Sonnenaufgang, wenn im Westen noch Nacht ist. In Bombay in Indien geht die Sonne zum Beispiel vier Stunden und 30 Minuten früher auf als in London. Also war es in Bombay für Fogg 6:30 Uhr am Morgen, in London aber noch 2 Uhr in der Nacht. Je weiter Fogg nach Osten reiste, desto größer wurde der Zeitunterschied zu London. In Yokohama betrug er schon neun Stunden. Als Fogg in Yokohama um 15 Uhr im Zirkus saß, war für die Menschen in London also erst 6 Uhr früh am Morgen. Auf der Fahrt mit dem Schiff von Yokohama nach San Francisco wurde der Zeitunterschied schließlich so groß, dass er einen ganzen Tag ausmachte. Während seiner Reise zählte Fogg wirklich 80 Tage, also 80 Sonnenaufgänge – 24 Stunden mehr. Aber die Menschen in London sahen in der Zeit, in der Fogg auf Reisen war, nur 79 Sonnenaufgänge. In London vergingen nur 79 Tage.

Fogg sagte zu Aouda: „Mit deiner Hilfe habe ich die Wette gewonnen. Weil du mich heiraten möchtest, habe ich Passepartout zur Kirche geschickt.

Nur deshalb haben wir rechtzeitig erfahren, dass heute erst Samstag, der 21. Dezember ist.“ Die Herren im Club hatten die Wette verloren. Sie mussten Phileas Fogg 20000 Pfund zahlen. Doch weil Fogg auf seiner Reise 19000 Pfund ausgegeben hatte, blieben nur 1000 Pfund übrig. Einen großen Teil davon gab Fogg seinem Diener und bedankte sich für Passepartouts Hilfe und Mut. Den Rest bekam Inspektor Fix, denn Fogg war ihm nicht mehr böse. Fix war schon genug bestraft: Die Menschen in London lachten über ihn und seine falsche Verdächtigung.

Phileas Fogg und Aouda heirateten am Montag, dem 23. Dezember 1872. Passepartout war bei der Hochzeit fast genauso glücklich wie das Brautpaar. Am nächsten Morgen klopfte Passepartout laut an Foggs Tür. Fogg öffnete sie und fragte: „Was ist denn?“ „Ich habe etwas ausgerechnet, Mister Fogg!“, rief Passepartout. „Man kann die Reise um die Welt auch in 78 Tagen schaffen!“ „Ja, aber die Reise führt dann nicht durch Indien“, antwortete Fogg. „Und in Indien habe ich Aouda kennengelernt.“ Phileas Fogg hatte durch seine Reise um die Welt nicht nur die Wette gewonnen, sondern auch das Glück gefunden.

Ende

1. Fogg kommt aus dem Gefängnis. Was passiert?
   Sind die Sätze richtig oder falsch? Kreuze an.

	richtig	falsch
Fogg, Aouda und Passepartout fahren in einer Kutsche nach London.	☐	☐
Sie verpassen den Zug von Liverpool nach London.	☐	☐
Sie fahren in einem Extra-Zug von Liverpool nach London.	☐	☐
Fogg erreicht London gerade noch rechtzeitig.	☐	☐
Fogg kommt fünf Minuten zu spät in London an.	☐	☐
Fogg bleibt ruhig und versteckt seine Gefühle.	☐	☐
Fogg ist froh und erleichtert.	☐	☐

2. Die Reise um die Welt ist zu Ende.
   a) Was denkt Fogg? Markiere es im Text auf Seite 94.
   b) Wie fühlt sich Fogg wohl auf dem Heimweg?
      Kreise passende Adjektive (Wiewörter) ein.

froh enttäuscht stolz

schlecht besorgt zufrieden

traurig gut

3. Am nächsten Tag bittet Fogg Aouda um ein Gespräch.

a) Worüber redet er mit ihr?
Streiche die falschen Wörter durch.

Fogg will sich bei Aouda bedanken / entschuldigen / beschweren.

Er sagt, dass er sie in Gefahr / in den Club / in Sicherheit bringen wollte.

Deshalb hat er sie mit nach England / Indien / Holland genommen.

Aouda sollte kostenlos / frei / allein leben können.

Aber jetzt hat Fogg kein Haus / keine Freunde / kein Geld mehr und kann ihr nicht helfen.

b) Was antwortet Aouda? Ergänze die Sätze.
Tipp: Lies noch einmal Seite 94.

Mister Fogg! Ohne Sie wäre ich

__________________ !

Sie haben mir ____________________________

gerettet. Und ich möchte gerne

bei Ihnen bleiben, als Ihre

__________________ . Mir ist egal,

dass Sie __________________ sind.

4. Fogg und Aouda wollen heiraten. Warum kann die Hochzeit am nächsten Tag nicht stattfinden? Kreuze die zwei richtigen Gründe an.

- ☐ Die Kirche ist geschlossen.
- ☐ Der nächste Tag ist nicht Montag, sondern Sonntag.
- ☐ Aouda hat es sich anders überlegt.
- ☐ Sonntags kann man nicht heiraten, weil in der Kirche dann ein Gottesdienst stattfindet.

5. Fogg hat sich um einen Tag verrechnet.

a) Was genau ist passiert? Markiere den richtigen Satz.

Fogg ist einen Tag früher als geplant in London angekommen: am Freitag, dem 20. Dezember 1872.

Fogg ist einen Tag später als geplant in London angekommen: am Sonntag, dem 22. Dezember 1872.

b) Was bedeutet das? Ergänze die Sätze. Tipp: Lies noch einmal Seite 95.

Die Wette ist noch nicht ______________________ .

Fogg hat noch ______________________ Zeit,

um es bis um 20:45 Uhr in den Club zu schaffen.

Deshalb springt er mit Aouda und Passepartout

in die nächste ______________________ .

6. Fogg ist gerade noch rechtzeitig im Club.
Er hat sich verrechnet, weil er nicht
an die Zeitverschiebung gedacht hat.
   a) Was ist die Zeitverschiebung?
   Lies den Sachtext oder höre ihn dir an. Audio

Die Zeitverschiebung

Die **Erde dreht sich** jeden Tag einmal um sich selbst. Bei der Drehung ist jeweils ein anderes Gebiet auf der Erde der Sonne zugewandt. Also geht die Sonne nicht überall zur gleichen Uhrzeit auf. Weil ein **Tag 24 Stunden** hat, gibt es auf der **Erde** insgesamt **24 Zeitzonen**. Wenn man von einer Zeitzone in die nächste reist, **verschiebt sich** die **Uhrzeit** also jeweils um **eine Stunde**. Phileas Fogg reist nach Osten, wo die Sonne früher aufgeht als in London. Das bedeutet: Wenn es in London 6 Uhr am Morgen ist, ist es in Bombay schon 10:30 Uhr und in Yokohama sogar 15 Uhr. An einer Stelle auf dem Meer zwischen Yokohama und San Francisco beginnt um **12 Uhr nachts ein neuer Tag**, während es in London noch 12 Uhr mittags am Tag zuvor ist.

   b) Markiere im Sachtext die drei Städte London, Bombay und Yokohama mit Uhrzeiten in drei verschiedenen Farben.
   c) Schreibe die Uhrzeiten in der Karte auf Seite 15 neben oder unter die Städte.
   d) Stellt euch vor, Fogg wäre nach Westen gereist. Was wäre passiert? Sprecht darüber.

7. Wer hat **In 80 Tagen um die Welt** geschrieben? Hier erfährst du es.

a) Lies den Sachtext oder höre ihn dir an. Audio

Über den Autor

Jules Verne [Dschül Wern] wurde 1828 in Frankreich geboren und starb dort im Jahr 1905. Als kleiner Junge wollte Jules Verne Matrose werden. Später begann er, Abenteuer-Geschichten zu schreiben. Damit hatte er ab 1862 großen Erfolg und verdiente viel Geld. Jules Verne reiste gern, oft mit seinem eigenen Boot. Sein Buch über die Reise um die Welt in 80 Tagen wurde im Jahr 1873 zum ersten Mal veröffentlicht. Die Bücher von Jules Verne sind in viele Sprachen übersetzt worden. So ist er auf der ganzen Welt berühmt geworden.

b) Markiere im Text wichtige Informationen.

c) Schreibe die Überschrift **Jules Verne** in dein Heft. Beantworte dann die Fragen. Schreibe die Fragen und Antworten in dein Heft.

- Wann wurde der Autor geboren?
- Wo lebte der Autor?
- Was wollte der Autor als Kind werden?
- Womit hatte er ab 1862 großen Erfolg?
- Was machte der Autor gern?
- Welches Buch wurde 1873 zum ersten Mal veröffentlicht?

Haltepunkt: gemeinsam arbeiten

1. Phileas Fogg, Aouda und Passepartout kommen am Freitag, dem 20. Dezember 1872, zurück nach London. Fogg gewinnt die Wette.

a) Bildet Gruppen und entscheidet euch für einen Reise-Abschnitt:
- von Kalkutta nach Yokohama,
- von Yokohama nach New York,
- von New York nach London.

b) Sprecht über diese Fragen und schreibt die Fragen und Antworten auf einen Zettel oder in euer Heft:
- Wo halten die Reisenden an?
- Wann erreichen sie welche Station? Beachtet dabei, dass sie nicht immer zusammen gereist sind.
- Womit sind sie jeweils gereist?

c) Tragt die Stationen und Zeitangaben in eure große Karte ein. Schreibt auch dazu, womit Fogg, Aouda und Passepartout gereist sind.

d) Sprecht über eure Ergebnisse und tauscht sie aus.

2. Seht euch gemeinsam eure Karten an. Sprecht darüber:
- Welche Station der Weltreise hat euch am besten gefallen?
- Welches Erlebnis fandet ihr besonders spannend?

Begründet eure Meinung.

3. Sammelt gemeinsam Ideen und Informationen zum Buch **In 80 Tagen um die Welt**.

a) Wählt ein Projekt aus.

Die Reise aus der Sicht von Passepartout

Die wichtigsten Stationen der Weltreise

Der Autor Jules Verne

Die Welt im Jahr 1872

Die Weltreise mit dem Flugzeug

Die Zeitzonen der Erde

b) Entscheidet, wie ihr euer Projekt gestalten möchtet. Ihr könnt dazu:

- eine Geschichte schreiben oder als Audio-Datei aufnehmen,
- eine Weltkarte zeichnen und Bilder aufkleben,
- Informationen im Internet suchen und ein Plakat gestalten,
- ...

c) Präsentiert eure Ergebnisse den anderen.